배신 기사의 유쾌한 신의 14

초판 1쇄 발행 2024년 6월 20일

지은이 ǀ 가언
발행인 ǀ 최원영
편집장 ǀ 이호준
편집디자인 ǀ 최은아
영업 ǀ 김민원 조은걸

펴낸곳 ǀ ㈜ 디앤씨미디어
등록 ǀ 2002년 4월 25일 제20-260호
주소 ǀ 서울시 구로구 디지털로32길 30 코오롱디지털타워빌란트 1301-1308호
전화 ǀ 02-333-2513(대표)
팩시밀리 ǀ 02-333-2514
E-mail ǀ seed_dnc@dncmedia.co.kr
블로그 ǀ blog.naver.com/gnpdl7

ISBN 979-11-6145-628-7 04810
ISBN 979-11-6145-506-8 (SET)

※ 저자와 협의하여 인지는 붙이지 않습니다.
※ 이 책은 ㈜디앤씨미디어(시드북스)가 저작권자와의 계약에 따라 발행한 것으로 본사와 저자의 허락 없이는 어떠한 형태나 수단으로도 내용을 이용할 수 없습니다.

배신기사의 유쾌한 식의

가언 판타지 장편소설

SEEDBOOKS FANTASY NOVEL

1장 감히 대가를 바란다면 · 7

2장. 악당 같은 대사를 할 때 · 45

3장. 질 수밖에 없는 술래잡기 · 97

4장. 잠 못 드는 밤 · 149

5장. 열어서는 안 되는 화약고 · 197

6장. 한 사람을 위한 무대 · 243

7장. 이쪽에서 찾아가는 수밖에. · 291

1장. 감히 대가를 바란다면

감히 대가를 바란다면

 탐지견…… 아니, 르웰린은 투덜거리면서도 제 역할을 충실하게 해냈다.
 우선 주변을 한 바퀴 돌며 확인한 르웰린은 곧장 시커멓게 입을 벌린 구덩이 안으로 관심을 옮겼다.
 "어쩐지 공기가 안 좋은 것 같은데. 내 기분 탓인가?"
 "아니. 아직까지 불쾌한 마력이 약간 남아 있어. 그것 때문일걸."
 그의 곁에 서 있던 아렌트가 답을 내어 주었다. 아서 역시 옆에서 첨언해 주었다.
 "구멍 깊은 곳에 남은 마력이 외부까지 흘러나오는 것 같습니다. 렉시온 님이 별다른 건 없었다고 말씀하셨으니, 아마 드래곤이 영지를 파괴했을 때의 흔적 아닐까요?"

"흐음. 그렇단 말이지."

르웰린은 잠시 주변을 둘러보며 지면과 푹 패인 자리의 깊이를 가늠해 보았다.

그리고 잠시 후, 그는 아무런 예고 없이 훌쩍 구덩이 안으로 훌쩍 뛰어들었다.

쿵!

르웰린이 착지하자 제법 묵직한 소리가 울렸다.

"생각했던 것보다 더 깊은데?"

그가 몸을 일으키는 사이 아서와 아렌트 역시 가뿐히 아래로 내려왔다.

"뭐라도 찾으셨습니까?"

"아니. 아직은."

아서의 질문에 담백하게 답을 준 르웰린은 곧 성큼성큼 가장 깊은 곳을 향해 걸음을 옮기기 시작했다.

두 기사 역시 주변을 경계하며 그의 뒤를 따랐다.

"겉보기보다 경사가 제법 심한데."

아렌트가 툭 내뱉자 르웰린이 입을 열었다.

"가장 깊은 자리가 바로 브레스에 직격당한 곳일 거야. 아서 경, 지도 챙겨 왔지?"

"네. 여기에 있습니다."

아서는 품에서 모티어 백작 영지의 지도를 꺼내 건네주었다. 르웰린은 곧장 그것을 펼친 뒤 자신들의 위치를 가늠해 보았다.

"주변이 엉망이라 제대로 판별해 낼 수 있을지는 모르겠지만."

"뭘 찾는 건데?"

"드래곤의 공격이 직접 닿은 지점. 아무래도 지형이 조금 이상한 것 같아서."

아무래도 르웰린은 탐험가답게 이 현장에서 뭔가를 읽어 낸 것 같았다.

"주변 잔해를 보아하니 아무래도 이쪽이 상점 거리였던 것 같은데……."

잠깐 인상을 찌푸리며 고민하던 르웰린은 다시 성큼성큼 걸음을 옮기기 시작했다.

"발밑 조심하세요, 왕자님."

"아서 경. 날 뭘로 보는 거야? 이래 봬도 철든 뒤에는 왕궁에서 잔 날보다 밖에서 야영한 날이 더 많거든? 최근에야 상황이 이렇다 보니 얌전히 붙어 있지만."

르웰린은 걱정스레 말을 건네는 아서에게 타박을 놓았다.

자신의 말을 증명이라도 하듯, 그는 여기저기에 불쑥 튀어나온 건물 잔해와 온갖 파편들에도 아랑곳하지 않고 앞으로 나아갔다.

"아."

요령 좋게 잔해의 깊은 곳을 향해 파고들던 르웰린이 문득 걸음을 멈췄다.

분수대의 조각상이었던 듯한 파편들이 흙더미에 파묻혀 있었다.

 "확실히 자카르 님 말씀대로 어제오늘 벌어진 일은 아닌 것 같네. 봐 봐. 벌써 식물이 조금씩 자라고 있잖아."

 르웰린은 새로 이끼가 생기기 시작한 자리를 손으로 만져 보고는 고개를 들었다.

 제법 깊은 곳까지 들어왔는지 하늘이 꽤 멀찍이 보였다.

 소금기 어린 바람도 거의 느껴지지 않고, 대신 지하 특유의 축축한 공기만이 느껴질 뿐이었다.

 "이건 광장에 있는 분수대였던 것 같은데……."

 혼잣말처럼 중얼거리며 르웰린은 대충 원래 시계탑이 있었을 자리와 지금의 위치를 비교하며 가늠해 보았다.

 "내륙 쪽에서 이쪽으로 날아온 것 같네. 그렇다면 저쪽에서 이쪽을 향해서 공격을 가했다고 봐야 할 것 같은데."

 르웰린은 해안과 등진 방향을 손으로 가리켰다. 그러면서도 그의 시선은 줄곧 지도에 꽂혀 있었다.

 "아렌트, 마력이 제일 짙게 느껴지는 지점은 어디야?"

 "저쪽."

 아렌트가 바다가 있는 곳을 향해 턱짓했다. 분수대의 파편이 날아간 방향이었다. 르웰린은 고개를 끄덕이고는 아렌트가 가리킨 곳을 향해 발을 옮기기 시작했다.

"파괴 범위가 하도 넓어서 처음에는 긴가민가했는데, 네 말대로 드래곤에게 다른 목적이 있었던 것 같아."

그러면서 르웰린은 간단하게 설명을 시작했다.

"영지를 파괴하는 게 목적이었더라면 적어도 영주성이 있는 방향을 노리거나, 그 중앙을 표적으로 삼는 게 보통이잖아. 아니면 아예 무차별적으로 쓸어버리던지."

"……모티어 백작의 성은 반대편이었죠?"

"어어. 우리가 지금 등진 쪽."

아서의 물음에 르웰린이 고개를 끄덕여 주었다.

보통 바닷가의 영주성과 공공기관 등은 해안가와 최대한 떨어진 곳에 배치하곤 했다.

폭풍우나 해일 같은 자연재해를 피하기 위해서였다.

"그런데 브레스가 떨어진 곳은 민가가 있던 자리란 말이지. 그 말은 곧 거기에 뭔가가 있었을 가능성이 높다는 거지. 시신이 하나도 발견되지 않았다는 건, 파괴 행각을 벌이기 전에 사람들을 미리 옮겨 뒀다는 뜻일 테고."

"진짜 상상도 못 할 일이네요. 짧은 기간 안에 영지민 전체를 이주시키는 건 쉬운 일이 아닌데."

아서가 칠린 목소리로 중얼거렸다.

악신교에 그 정도 인원을 수용할 여력이 있다는 것만으로도 간담이 서늘해질 일이었다.

"얼마 전까지는 해안가에서 낚시나 하던 평범한 인간이었을 테지만……."

아렌트가 무심하게 입을 열었다.

"조만간 신의 전사라는 이름으로 우리 앞에 나타날 테죠. 이제 인간조차 아니게 됐을지도 모르고."

"……."

르웰린과 아서는 입을 꾹 다물었다.

저게 헛된 우려가 아니라는 점이 제일 끔찍했다.

잠깐 침묵하던 아서가 물었다.

"만약 그 사람들과 싸우게 된다면, 넌 주저 없이 벨 거냐?"

"필요하다면 그래야죠."

아렌트는 심드렁하게 대답했다.

"그쪽도 뭔가 사정이야 있겠지만, 본인 선택에는 책임을 져야 하는 법입니다."

"……그건 그렇지."

잠깐 뜸을 들이던 르웰린이 시원찮은 얼굴로 대답했다. 머뭇거린다면 어차피 이쪽이 당할 뿐이니까.

흙더미 너머로 보이는 하늘에 검은 새가 구름을 가르고 날아오르는 게 보였다.

새로 변신한 렉시온이었다.

다시 멀어지는 새를 힐끔 올려다본 아렌트가 덧붙였다.

"어디까지나 필요하다면, 이지만."

"뭐?"

아서와 르웰린이 동시에 얼빠진 소리를 내자 아렌트는 시큰둥하게 대답했다.

"그쪽이 원하는 대로 놀아날 이유는 없으니까."

온갖 사연을 지닌 적의 시체를 밟고 살생했다는 죄책감에 괴로워하는 것 역시 영웅의 사명이긴 했다.

하지만 그런 비장하고 피비린내 나는 연출 따위는 그가 꾸며 나갈 희극 무대에 필요 없었다.

르웰린의 표정이 떨떠름해졌다.

"……야, 너 또 무슨 꿍꿍이야?"

"꿍꿍이가 될 수도 있고, 안 될 수도 있지. 지금 확실하게 말할 수 있는 건 아무것도 없어."

어깨를 으쓱하는 아렌트는 그저 천연덕스럽기만 했다.

그를 힐끗 본 아서가 투덜거렸다.

"확신이 없다는 말을 그렇게 태평하게 하면 뭐 어떻게 반응해야 할지 모르겠는데."

"반응은 무슨. 당연히 선배도 선배 몫을 해야죠. 남은 개고생하는데 가만히 앉아서 구경만 하는 꼴은 절대로 못 봅니다."

건물 잔해를 훌쩍 뛰어넘으며 아렌트가 담백하게 대꾸했다.

"하여간 견습 기사 주제에 건방지지."

아서가 욕을 투덜거렸지만 더 이상 뭐라 첨언하지는 않았다.

지금까지의 경험상, 캐물어 봤자 유의미한 대답이 돌아올 리가 없는 데다…… 놈의 사고방식을 따라가는 것은 애초에 불가능한 일이었으니까.

"어?"

그때, 갑자기 터져 나온 탄성이 아서를 상념에서 깨웠다.

르웰린이었다.

퍼뜩 고개를 든 아서는 눈을 휘둥그레 뜬 르웰린을 발견했다.

"저게 뭐지?"

"예?"

르웰린이 가리킨 곳을 보았지만, 아서의 눈에는 그저 비슷한 흙더미로 보일 뿐이었다. 하지만 르웰린에게는 뭔가 달리 보인 듯했다.

르웰린은 두 사람을 내버려 둔 채 거의 뛰다시피 앞서 나가기 시작했다.

두 사람이 르웰린을 따라잡았을 때, 그는 이미 구덩이 안에서 한층 더 깊은 구멍 안쪽으로 상체를 들이밀고 있었다.

"왕자님?"

"어쩐지 땅 모양새가 조금 이상하더라니. 이쪽에 남은 공간이 좀 있어."

르웰린은 그렇게 말했지만, 아서에게는 그저 조금 더

깊이 패인 흙더미로 보일 뿐이었다.

그들이 선 자리는 과거에 어민들이 모여 살던 민가가 있던 자리이자 드래곤의 브레스가 직접 닿은 곳과 멀지 않은 지점이었다.

가까이 다가온 아렌트가 살짝 인상을 찌푸렸다.

"지하에 따로 공간이 있었던 건가?"

"아무래도 그런 것 같지? 그것도 여기까지 흔적이 남았다면 굉장히 깊은 곳에 제법 단단한 구조물이 있었다는 뜻인데……."

답을 내어 주던 르웰린이 인상을 찌푸렸다.

허리를 더욱 깊이 숙인 그는 어둠이 고인 구멍 안쪽으로 손을 뻗어 뭔가를 집어 들었다.

완전히 박살 나 원래 형체를 전혀 알아볼 수 없는 돌조각.

"이건……."

돌조각을 확인한 르웰린의 눈이 가늘어졌다.

* * *

그 날 저녁, 수색을 종료한 이들은 다시 렉시온의 힘을 빌려 레이타르 후작가로 돌아왔다.

르웰린은 도착하자마자 쉴 틈도 없이 곧장 라이오스와 자카르, 이사벨라를 호출했다.

부름에 응해 레이타르 후작이 내어 준 회의실로 간 그들은 의외로 가장 먼저 아렌트에게 시선을 빼앗겨 버렸다.

 예상치 못한 장면과 목도한 그들은 잠깐 할 말을 잃어버렸다.

 짧은 침묵이 흐른 뒤, 그래도 아렌트의 기행에 그나마 익숙한 라이오스가 먼저 질문을 던졌다.

 "아렌트. 그건 또 뭐지?"

 "아. 이거요?"

 아렌트는 제 어깨에 편안히 안착한 검은 새를 힐끗 눈짓했다.

 "신경 쓰지 마세요. 렉시온 님이니까."

 신경을 안 쓸 수가 없는 대답이었다.

 이번에는 이사벨라가 물었다.

 "……왜 그런 모습으로?"

 모티어 백작가에서는 그대로 제법 위엄 넘치는 맹금 모습이었던 렉시온은 비둘기 정도 크기의 작은 새로 변해 있었다.

 검은 깃털에 붉은 눈동자가 아니었다면 그것이 렉시온이라는 것도 믿기 어려울 정도였다.

 "신경을 곤두세워야 하는 상황에 본인이 존재감을 뿜어대면 혹시나 놓치는 게 생길지도 모른다고, 뭐든 확실해질 때까지 이러고 계신답니다."

대충 납득할 수 있는 설명이었다.

경계 태세에 돌입한 지금은 아주 작은 마력의 흐름도 놓칠 수 없는 상황이었으니까. 렉시온이 기척을 흘리고 다니면 신경을 곤두세우고 있는 엘프들이 혼란을 겪을지도 몰랐다.

"지금 중요한 건 그게 아니라, 다들 이것 좀 보세요."

그때, 르웰린이 테이블을 똑똑 두드리며 자신에게 시선을 모았다. 그의 앞에는 미리 깔아 둔 천 위에 놓아 둔 몇 개의 파편들이 놓여 있었다.

"르웰린 왕자, 이게 뭔가요?"

얼핏 평범해 보이는 파편에 이사벨라가 의아하게 물었다.

"모티어 백작가 영지에서 발견한 거예요. 어쩌면 드래곤이 백작가를 파괴한 이유에 대한 단서가 될지도 모르고."

르웰린의 대답에 라이오스와 이사벨라, 자카르의 눈에 이채가 돌았다. 이사벨라가 급하게 캐물었다.

"왕자, 이유를 알아내신 겁니까?"

"확실한 건 아니지만 대충 짐작 가는 부분은 생겼어요. 각설하고, 중요한 것만 말씀드릴게요."

그들이 자신에게 집중했다는 것을 확인한 르웰린이 빠르게 말을 이었다.

"민가가 밀집해 있던 구간에서 지하 구조물의 흔적을

찾았습니다. 초토화되어서 정확히 어떤 공간이었는지는 확실하지 않지만, 평범한 민가 아래에 있을 만한 건 아니었던 것 같습니다."

르웰린은 테이블 위에 올려 둔 파편 중 가장 큰 것을 집어 들고 그들에게 보여 주었다.

자카르는 그제야 그것의 정체를 알아보았다.

"그건……."

"네. 엘프 왕국에서 건축 자재로 사용하는 암석이에요. 그리고 가끔 대륙에서 발견되는 옛 유적에 종종 남아 있기도 하고요. 이제 인간은 거의 사용하지 않게 됐지만, 아마 대전쟁 시대 무렵에는 인간들도 애용했던 거겠죠."

가만히 듣던 라이오스가 살짝 미간을 찌푸렸다.

"모티어 백작 영지의 지하에 대전쟁 시대의 유적지가 있었다는 말씀이십니까?"

"아마도. 게다가 아주 깊은 지하에 있었던 것 같아. 남아 있는 건 고작 이 정도라 어떤 시설이었는지는 알 수 없지만."

르웰린이 고개를 끄덕이자 이사벨라의 얼굴이 딱딱하게 굳었다.

거기까지만 들어도 전후 관계를 충분히 파악할 수 있었다.

니케포르는 모티어 백작가의 지하에 잠들어 있던 대전쟁 시대의 흔적을 지우기 위해 그런 파괴 행각을 벌인 것이다.

"드래곤이 굳이 파괴한 것을 보면, 체르니온이나 루체신과 관련된 거겠죠."

심란한 침묵이 내려앉은 회의실에 아렌트의 가벼운 음성이 파고들었다.

"그리고 렉시온 님은 아는 바가 없다고 하시니, 아마 체르니온교 쪽에서만 전해지던 존재일 가능성이 큽니다만……지금 와서 확인할 방법은 없겠죠. 본인들에게 물어보지 않는 이상은. 뭐, 그것도 나쁜 방법은 아니네요."

"……물어보다니, 농담이지?"

잠깐 입을 다물고 있던 르웰린이 떨떠름하게 물었지만, 아렌트는 그냥 무시해 버렸다.

"어쨌든 니케포르는 본인의 노림수를 들키지 않기 위해 영지 전체를 날려 버리고, 겸사겸사 영지 사람들에게 포교도 한 거겠죠. 후작가에서는 뭐 찾아낸 거 없어요?"

르웰린과 비슷하게 시원찮은 표정을 짓고 있던 자카르가 대꾸했다.

"아직은. 왕실 기사단과 엘프 전사들이 협력해서 경계를 돌며 성에 상주하는 관리인들의 면담까지 끝냈다만. 수상한 기미는 발견하지 못했다."

"어쩌면 말입니다."

잠깐 뜸을 들인 이사벨라가 운을 뗐다.

"레이타르 후작가에는 아직 적의 마수가 뻗치지 않은

게 아닐까요? 단지 우리의 기우일지도 모르지 않습니까."

"그렇다면 참 좋을 텐데요, 저하."

하지만 그녀는 곧장 날아든 시큰둥한 음성에 입을 다물고 말았다. 아렌트는 마음에 안 든다는 얼굴로 팔짱을 꼈다.

"아무래도 우리가 생각했던 것보다 상황이 좀 더 나쁠지도 모르겠습니다."

"더 나쁘다니, 그건 무슨 말이지?"

"아마 아시겠지만, 노이만 상단과 상단의 정보상은 네펠레 왕국 내에도 진출해 있습니다. 그리고 대륙 이곳저곳에 퍼진 탐험가 연합 쪽으로도 연줄이 좀 있고요."

그녀가 급하게 캐묻자 아렌트가 풍하게 말을 이었다.

"그래서 혹시 뭐라도 건질 게 있을까 하는 마음에 그쪽으로 정보를 좀 모아 봤는데요. 아무래도 모티어 백작가에서는 우리 생각보다 훨씬 더 이전부터 이변이 있었던 것 같습니다."

"뭐?"

이사벨라와 자카르는 자신의 귀를 의심할 수밖에 없었다.

가만히 듣던 라이오스가 그를 재촉했다.

"계속 말해."

"말씀 안 하셔도 그럴 겁니다. 어쨌든 저하께 이것저것 여쭤봤을 때 별다른 사건 사고도 없는 평화로운 영지, 영주도 사람들도 모두 순박하기만 한 작은 도시라는 말만 반복하셨던 게 좀 마음에 걸려서요."

이사벨라의 얼굴이 딱딱하게 굳었다. 그녀를 힐끗 곁눈질한 아렌트가 팔짱을 꼈다.

"아무도 주목하지 않는 지역이라니, 놈들이 독처럼 퍼지기에 딱 좋은 환경이잖습니까."

"……."

왕세자는 차마 아무런 말도 하지 못했다.

"아무리 외진 곳이라도 영주성에서 사용하는 물건은 외부 상단을 통해 들여갈 수밖에 없는데, 한참 전부터 몇몇 상단과 거래를 끊었다고 합니다. 작년 어획량과 곡식 수확이 별로라 영지 사정이 안 좋다는 이유였대요."

형편이 넉넉한 지역은 아니니, 그 핑계를 이상하다 여긴 곳은 단 한 군데도 없었다.

"그리고 한편으로는 영지 내부의 비싼 물건들을 하나씩 팔기 시작했대요. 그래 봤자 물건의 대부분이 모티어 백작이 소장하고 있던 수집품이나 사치품들이었다고 하지만."

아렌트가 어깨를 으쓱했다.

"물건을 팔아넘기던 영주도 표정이 썩 나빠 보이진 않아서, 그냥 곧 좋아지겠거니 하고 넘어갔다고 합니다."

딱히 주목할 만한 사항도 아니었다. 모티어 백작가는 영지민의 농업과 어업에 의존하는 곳이니 매 해마다 사정이 조금씩 달라질 수밖에 없었다.

더군다나 모티어 백작은 영지민을 아끼는 사람으로 알려졌으니, 자신의 사람들을 위해 개인 소장품을 파는 것 역시 전혀 이상할 일은 아니었다.

하지만 그런 작은 조짐 하나하나를 놓친 결과가 바로 이거였다.

"미리 재산을 처분하고 잠적할 준비를 해 왔던 겁니다. 하지만 백작을 포함한 영지민 모두가 아무렇지도 않은 척 일상생활을 영위했기 때문에 아무도 눈치를 못 챈 것뿐이죠."

"……."

마치 먼 곳의 이야기를 들려주듯 가벼운 어조였지만, 이사벨라에게는 그 말 하나하나가 비수가 되어 꽂히는 것 같았다.

"한 가지 더 큰 문제는요. 이 일이 벌어진 시점이……."

아렌트는 이사벨라를 보며 내뱉었다.

"루카인 왕국과 에버란 왕국, 그리고 칼리온 제국의 대신전에서 전투가 벌어지기 전이라는 겁니다."

회의실에 싸늘한 정적이 가라앉았다.

이사벨라는 입을 꾹 다문 채 시선을 아래로 떨어뜨렸다.

어떻게든 침착함을 잃지 않으려 애쓰고 있었지만, 무릎 위에 올라간 손이 잘게 떨리기 시작한 것만큼은 막을 수 없었다.

"어쩌면 모티어 백작가만이 아닐지도 모릅니다. 아니, 네펠레 왕국 밖에서도 비슷한 일이 벌어졌을지 모르죠. 일단은 노이만 상단과 탐험가 쪽 연줄을 이용해서 의심할 만한 곳을 추리고 있습니다."

아렌트가 그렇게 말했지만, 이사벨라는 여전히 아무런 말도 없었다.

그녀를 물끄러미 보던 아렌트가 차갑게 말했다.

"이사벨라 왕세자 저하. 제 말 듣고 계십니까?"

"아."

그제야 퍼뜩 정신을 차린 이사벨라가 고개를 들었.

서늘한 황금색 눈동자가 그녀를 똑바로 응시하고 있었다. 마치 이사벨라가 뭐라도 말해 주기를 기다리는 것처럼.

이사벨라는 말라붙으려는 입을 간신히 움직였다.

"미안하다, 아렌트 경. 듣고 있었어. 이것은 나의…… 아니. 왕실의 불찰이군. 왕실이 혼란스럽더라도 나라를 잘 보살펴야 했을 텐데."

"아닙니다, 저하. 그런 말씀이······."

라이오스가 그녀를 위로하려 했지만, 아렌트가 불쑥 끼어들었다.

"불찰 맞죠."

심술이 가득한 한 마디에 이사벨라가 멈칫했다. 자카르

가 언짢게 지적했다.

"아렌트 경, 말이 심하군."

"왜요? 틀린 말 한 적 없는데요."

하지만 아렌트는 그저 천연덕스러울 뿐이었다.

"얼간이 같은 전 왕세자 간수를 제대로 못 했으니 이런 일이 벌어지죠. 그런 멍청한 자식을 세상에 풀어놔서 쓸데없이 뒷수습하느라 진 빠지게 됐으니까요."

그의 입에서 나온 뜻밖의 말에 이사벨라가 눈을 크게 떴다. 뭐라 더 타박을 놓으려던 자카르 역시 멈칫했다.

"덕분에 나도 개고생했고. 사실 그건 알로이스, 그 멍청이를 들쑤신 렉시온 님 책임도 없잖아 있습니다만."

아렌트는 여전히 제 어깨에 앉아 있는 검은 새를 슬쩍 흘겨보았다.

그러자 새가 항의하듯 흘러내린 아렌트의 머리칼을 쪼아 대기 시작했다. 꼭 불만 있냐? 라고 말하는 것 같은 몸짓이었다.

"렉시온 님은 업보를 제대로 치르고 있으니 제가 두고두고 값을 받아 내는 걸로 하고. 저하께서는 나중에 알로이스, 그 자식 명치라도 한 대 갈겨 주시던가요. 조금이라도 분이 풀릴지 누가 알아요?"

아렌트는 귀찮게 하는 새의 머리를 밀어 버렸다.

"어쨌든 이미 벌어진 일은 어쩔 수 없으니 수습부터 해야죠. 솔직히 뭘 어떻게 해야 하는지는 저도 감이 안 잡히긴 합니다만. 일단 뭐든 알아내는 대로 왕실에도 보고해 달라 부탁드렸으니 곧 결과가 나오겠죠."

"……."

그가 말을 끝맺은 뒤에도 이사벨라는 멍하니 아렌트를 보기만 했다. 거친 말이었지만 그 속에 다른 의미가 있다는 것을 읽어 낸 탓이었다.

"왜 그렇게 보십니까?"

그 시선을 알아차린 아렌트가 눈살을 찌푸렸다.

"새삼 뜯어보셔도 잘생겼다는 건 변함없습니다만."

"……."

맥이 탁 풀렸다.

황당하다는 표정을 숨기지 못한 이사벨라에게 르웰린이 이해한다는 듯 고개를 끄덕였다.

"누님, 이 자식 성격 진짜 이상하죠?"

"……."

이사벨라는 차마 부정하지 못했다.

목 바로 아래까지 솟은 고맙다는 말이 쑥 내려가는 순간이었다.

언제나 그랬듯, 아렌트를 칭찬해야 할지 꾸지람을 해야 할지 갈피를 잡지 못한 라이오스가 이마를 짚고 짧게 한숨을 내쉬었다.

이럴 때는 재빨리 화제를 원래대로 돌려 놓는 게 최고였다.

감히 대가를 바란다면 〈27〉

"최선을 다해서 경계했다고는 하나 한계가 있는 것은 어쩔 수 없습니다. 이번 일이 정리된 후 따로 상의해 대책을 마련하심이 옳을 듯합니다. 물론 칼리온 제국 역시 힘껏 돕겠습니다."

이전에도 아렌트가 말했다시피, 그들은 이방인일 뿐이었다. 필요 이상으로 왕국의 일에 간섭할 수는 없었다.

"감사합니다, 라이오스 단장. 복귀하는 대로 전하와 논의해서 해결책을 강구하겠습니다."

마음을 가다듬은 이사벨라가 차분하게 대답했다.

"칼리온 제국에 필요 이상으로 의지하고 싶지는 않습니다. 악신교에 맞서 싸우는 건 오직 칼리온 제국의 몫만은 아닐 테니까요."

계속 이런 식이라면 결국 짐이 될 뿐이었다. 그녀의 담담한 각오에 라이오스가 덩달아 진지하게 고개를 끄덕이려는 찰나.

쾅쾅쾅!

누군가가 다소 성급하게 문을 두드렸다.

"저하, 계십니까? 급히 보고드릴 사항이 생겼습니다!"

뒤이어 네빌 단장의 다급한 목소리가 들려왔다.

무슨 일이 일어났다는 직감에 그들은 자리에서 벌떡 몸을 일으켰다.

"들어와라."

이사벨라의 허락이 떨어지자마자 문을 벌컥 연 네빌이

급하게 안으로 들어왔다.

"저하, 큰일 났습니다!"

당황한 기색이 역력한 그에게 이사벨라가 재우쳐 물었다.

"네빌 단장, 무슨 일이지?"

낯이 새파랗게 질린 네빌이 더듬더듬 보고했다.

"기, 기억을 잃어버린 자가 나타났습니다."

"뭐?"

당황한 이사벨라가 되묻자 네빌이 다시금 말을 쏟아 냈다.

"지금까지 파악된 인원만 열 명 정도입니다. 게다가 조금씩 늘어나고 있습니다. 후작의 보좌와 영지의 관리인 몇몇이 포함됐는데…… 발작을 일으키거나 난동을 부리는 이들도 생겨서 왕실 기사단이 제압 중입니다."

"열 명이라고?"

자카르가 아득하게 중얼거렸다. 게다가 후작과 가장 가까이 지내는 보좌관부터가 그 꼴이라는 것도 놀랄 일이었다.

르웰린 역시 기가 막혀 헛웃음을 터뜨렸다.

"레이타르 후작이 바로 옆 영지에서 무슨 일이 터졌는지 모를 만도 하네."

보좌관과 관리가 첩자였다면 후작의 눈과 귀를 가리는 것도 결코 어려운 일이 아니었을 것이다.

감히 대가를 바란다면 〈29〉

"아무래도 이 영지를 버릴 작정인 것 같습니다."

그때 유난히 선명하게 들리는 목소리가 모두의 혼란스러운 정신을 일깨웠다.

회의실에 있던 이들은 저도 모르게 홀린 듯이 아렌트에게 시선을 주었다.

"놈들이 여기에 있는 신도들을 포기했어요."

견습 기사의 황금색 눈동자가 차분하게 가라앉아 있었다.

라이오스 역시 덤덤하게 대답했다.

"그렇다는 건 곧 적들이 이곳을 향해 공격을 가해 올 거라는 뜻이겠군."

드래곤이 악신교의 병력을 이끌고서 쳐들어온다.

모골이 송연해지는 말이었다.

입술을 꽉 깨문 이사벨라가 네빌을 향해 명령했다.

"네빌 단장, 일단 첩자들을 가둬 두고 레이타르 후작에게 상황을 전달해. 그리고 최소한의 인원만 남겨 두고 당장 소집하도록."

"자카르 님, 황실 기사단과 엘프 전사들도 전투 채비를 시켜서 한곳에 모아 주십시오."

이번에는 라이오스가 자카르를 향해 부탁했다.

"알겠습니다. 네빌 단장, 가지."

"예!"

멍하니 있던 네빌이 화들짝 놀라 고개를 끄덕였다.

막 네빌이 자카르와 함께 회의실을 빠져나가려는 찰나, 이사벨라가 그를 불러세웠다.
"네빌 단장. 그리고 하나만 더."
"예, 예! 저하! 하명하십시오!"
네빌이 급하게 다시 돌아섰다.
"다시 돌아오는 길에……."
이사벨라는 그를 똑바로 바라보며 지시했다.
"내 검도 가져오도록."
한순간 네빌은 명을 제대로 알아듣지 못해 얼빠진 표정을 지었다.
그리고 잠시 후. 이사벨라의 말을 이해한 네빌은 경악에 차 입을 쩍 벌렸다.

* * *

자카르와 네빌이 회의실을 떠나고 난 뒤, 상황을 전해 들은 레이타르 후작이 정신없이 회의실에 뛰어 들어왔다.
라이오스가 좀 더 자세한 설명을 들려주자 그렇지 않아도 새파랗게 질렸던 후작의 안색이 금방이라도 기절할 것처럼 나빠졌다.
"아니, 잠깐, 그러면 지금 이 영지로 적군이 쳐들어온다는 말씀이십니까?"

보좌관이 갑자기 발광하고 관리들이 기억을 잃어버린 것만으로도 환장할 노릇이었다.

심지어 그들이 사실은 악신교의 첩자였고, 지금부터 영지가 전장이 된다고 하니 마른하늘에 날벼락과 다를 바 없었다.

"그, 그렇다면 우선 사람들을 대피시켜야 하는 게 아닙니까? 이곳에는 싸울 만한 사람들이 없습니다! 영지민들을 버릴 수는……."

반쯤 패닉에 빠진 후작이 자신의 머리를 감싸 쥐었다.

후작이 달려오기 전, 이미 그들은 똑같은 주제로 한바탕 토론을 마친 뒤였다. 잠깐 주저하던 이사벨라가 대답했다.

"대피시키는 것보다는 모두 이곳에 남는 것이 어떨까 합니다."

"예?"

청천벽력같은 소리에 레이타르 후작이 눈을 휘둥그레 떴다.

그때, 아렌트가 불쑥 끼어들었다.

"어차피 상대는 드래곤입니다. 아무리 멀리 도망친다 한들 드래곤의 시선을 피할 수는 없어요. 지금 당장 이만한 인원을 수용할 수 있는 곳을 찾기도 힘들고. 자칫 엉뚱한 곳까지 불똥이 튈 수 있습니다."

"도대체 어쩌란 말입니까, 그러면! 여기에서 다 같이

죽기만을 기다리자고요?"

후작이 엉망이 된 몰골로 소리치자 아렌트가 짜증스럽게 인상을 찌푸렸다.

"사람 말 좀 끝까지 들으시죠. 함부로 빼돌렸다가 인질을 잡히는 것도 곤란합니다. 모티어 백작 꼴이 나고 싶으신 건 아니잖아요. 일단은 한곳에 모아 두고 지키는 편이 낫습니다."

"……."

그제야 레이타르 후작이 입을 꾹 다물었다. 그러나 아렌트를 향한 시선이 불신에 가득 찬 것은 변하지 않았다.

"일단 영지 사람들은 전부 다 가까운 루체 신전으로 모이라고 해요. 신전에 있으면 드래곤이 직접 손을 쓰지는 못할 겁니다. 놈들은 신을 두려워하니까요."

"하, 하지만……. 호문쿨루스와 구울이라고 했던가요?"

아렌트의 지시에 후작이 난색을 표했다.

"괴물 같은 것들이 사람들을 잡아먹으려고 들이닥칠지도 모르잖습니까. 칼리온 제국의 대신전이 놈들의 손에 엉망이 됐다고 들었습니다."

"굳이 그렇게까지 해서 민간인들을 쓸어버리려고 하지는 않을 겁니다. 애초에 놈들의 목표는 이 영지를 점령하는 게 아니니까요."

"그, 그러면요?"

더듬더듬 묻는 후작에게 아렌트는 어깨를 으쓱해 보였다.

"제일 탐나는 먹잇감은 따로 있거든요. 어쨌든 후작성 안에도 신전이 있겠죠? 후작님도 사람들을 모아서 그쪽으로 피하세요. 왕실 기사단이 지켜 줄 겁니다."

상황과는 그다지 어울리지 않는 태연한 어조였다.

숨어만 있으면 대신 싸워 준다는 말이니, 거기에 대고 후작이 더 불평할 수는 없었다.

결국 레이타르 후작은 고개를 끄덕일 수밖에 없었다.

"일단은……. 예. 알겠습니다."

"뭐해요? 얼른 움직이지 않고."

아렌트가 한 번 더 재촉하자, 레이타르 후작은 미련이 남은 표정으로 몇 번 돌아보다가 이내 회의실을 **빠져나** 갔다.

그 꼴을 지켜보던 르웰린이 의미를 담아 중얼거렸다.

"드래곤이 탐내는 먹잇감이란 말이지……."

왕자의 시선이 아렌트에게 닿았다.

저 견습 기사가 말하는 먹잇감이란 다름 아닌 아렌트, 자기 자신과 라이오스 단장일 것이다.

그리고 지금까지의 흐름상, 놈들은 무슨 수를 써서라도 아렌트를 죽이려 들 게 분명했다.

자신에게 닿는 눈길을 알아차린 아렌트는 그를 **삐딱하** 게 쳐다보았다.

"넌 어쩔 건데? 후작님이랑 같이 있던지."

"싫거든. 이사벨라 누님도 직접 싸우시겠다는데, 내가 왜?"

르웰린이 불퉁하게 대꾸했다.

"그리고 드래곤이 싸우는 걸 직접 볼 수 있는 기회 아냐? 탐험가로서 그 장면을 놓칠 수야 없지."

"드래곤 구경은 이미 실컷 한 거 아냐? 렉시온 님을 코앞에서 만나면서 무슨 헛소리야?"

"뭐, 헛소리는 너만 하라는 법이라도 있냐? 나도 잘해, 이 자식아."

신경질적인 말에 아렌트는 눈썹을 휘었다. 하지만 그것도 잠시, 알아서 하라는 듯 어깨를 으쓱인 아렌트는 라이오스 쪽으로 돌아섰다.

"저도 선배들이랑 합류하겠습니다. 남은 건 단장님이 알아서 하시던가요."

건방지기 짝이 없는 언사에도 라이오스는 익숙하다는 듯 손을 휘휘 내저었다.

"빨리 가기나 해라. 나도 곧 따라가지."

아렌트는 인사도 남기지 않고 휙 자리를 떠 버렸다. 르웰린 역시 언짢은 표정으로 그 뒤를 따랐다.

쿵. 문이 닫히고 회의실에는 이제 라이오스와 이사벨라만이 남았다.

잠깐 침묵이 흘렀다.

"라이오스 단장. 한 가지만 여쭤봐도 괜찮겠습니까? 다소 예민한 질문이 될 수도 있습니다만."

이사벨라가 먼저 입을 열었다.

"말씀하십시오."

"대가 없는 헌신은 허상이라고 하셨지요. 그렇다면……."

라이오스의 허락에 이사벨라는 잠깐 주저하는 듯하면서도 말을 이었다.

"그렇다면 라이오스 단장님께서도 원하는 바가 있으십니까?"

"예. 있습니다."

의외로 선뜻 대답이 돌아왔다. 이사벨라가 조금 놀란 눈으로 라이오스를 보았다.

"그러십니까?"

"저 또한 한 명의 인간일 뿐이니까요."

라이오스가 천천히 고개를 끄덕였다.

"제 신앙에 감히 대가를 바란다면……."

그의 푸른 눈동자가 방금 아렌트와 르웰린이 빠져나간 문 쪽으로 향했다.

"그 누구도 제 앞에서 죽지 않는 겁니다."

담담한 한 마디였다.

영웅이라는 이름을 짊어지고, 자신의 목숨을 바쳐 가며 싸우는 대가로 바라는 것조차도 주변 사람들의 안위라니.

그야말로 성검의 주인다운 자세라 할 수 있었다.

그러나 이사벨라는 한순간 영웅의 옆얼굴에 스쳐 지나간 음울한 그림자를 놓치지 않았다.

기사의 귀감이라며 찬사를 터뜨리는 것조차도 어쩐지 꺼려질 정도였다.

"……그렇군요."

약간의 뜸 뒤, 이사벨라는 천천히 고개를 끄덕이기만 했다.

더 이상 캐묻는 것도 어쩐지 그에게는 못할 짓이라는 직감이 든 탓이었다.

* * *

"야."

복도를 따라 성큼성큼 발을 옮기던 아렌트가 입을 열었다.

"아티팩트 가지고 있어?"

그의 뒤를 따르던 르웰린이 짜증스럽게 대꾸했다.

"당연하지. 설마 이런 곳까지 오는데 싸울 준비도 안 해 왔겠어?"

"마정석은."

"그것도 챙겼어, 이 자식아. 지난번에 네가 넘겨준 것도 넉넉하게 남아 있고."

확답을 듣고 나서야 아렌트는 고개를 끄덕였다.

"그러면 나중에 적당히 빠져서 왕세자 저하 옆에 좀 붙어 있어."

"견습 기사 주제에 건방지게 누구더러 명령이야? 알아서 움직일 테니까 참견 마시지."

옆에서 투덜거리는 대답이 돌아왔다.

아렌트는 아까부터 영 삐딱하게 구는 그를 슬쩍 흘겨보았다.

"걸리적거려."

"나? 아니면 누님?"

"둘 다."

"아오, 이 싸가지 없는 새끼."

칼같은 대꾸에 르웰린이 욕을 쏟아냈다.

"마력 재능은 거의 없지만 검술에 한해서는 누님이 나보다 더 위야. 본인 몸 정도는 충분히 지키실 수 있어. 그리고 네빌 단장도 옆에 붙어 있을 건데 뭐가 걱정이야?"

"그러다 죽든 말든 내 알 바 아니지만, 멍청한 마티어스 왕자님이 왕세자가 되는 꼴만은 절대로 못 봐. 이런 상황에 누굴 더 골치 아프게 만들려고."

"……."

그것만은 차마 반박할 수 없었다.

"그리고 구울들이랑 싸운 경험이 없는 네빌 단장보다야 네가 좀 더 쓸모 있을 테니까. 어쨌든 꺼지라면 꺼져.

누가 멀뚱히 지키고 있으래? 그냥 그쪽에서 같이 움직이라는 거지."

"알았어, 알았다고. 하여튼 간에 진짜……."

결국 르웰린은 이번에도 두 손을 들 수밖에 없었다.

"대신 너 이번에도 위험한 짓 하면 진짜 죽는다."

기껏 날을 세워서 으르렁거렸지만, 아렌트는 들은 척도 하지 않았다.

"할 수 있으면 해 보던가."

"지금 농담할 때냐?"

"농담 아닌데."

버럭 외치는 르웰린에게는 시선도 주지 않으며, 아렌트가 시큰둥하게 대꾸했다.

"난 누구랑 다르게 유능하거든."

"넌 진짜……."

어처구니없이 중얼거리던 르웰린은 문득 지금껏 깨닫지 못한 위화감을 느꼈다.

그는 홀린 듯이 우뚝 걸음을 멈췄다. 그러자 앞서가던 아렌트 역시 자연스럽게 멈춰섰다.

"뭐야?"

"……야."

견습 기사를 멍하니 바라보던 르웰린이 얼굴을 딱딱하게 굳혔다.

분명 이럴 시간이 없다는 걸 잘 알면서도 그는 좀처럼

움직일 생각이 없어 보였다.

"왜 그래?"

잠시 인상을 찌푸리고 그의 의중을 파악해 보려던 아렌트는 문득 그의 시선이 닿은 곳을 깨닫고는 쯧 혀를 찼다.

"하여튼 쓸데없이 눈치만 빨라서는."

"지금 그게 할 소리야? 너 진짜 미쳤……."

버럭 소리를 지르던 르웰린이 멈칫했다.

아렌트가 손가락을 세워 제 입술에 가져간 탓이었다.

어쩐지 거역할 수 없는 몸짓이었다.

여기에서 소리를 지르면 분명 감각이 예민한 라이오스 단장이나 엘프들이 눈치챌 게 분명했다.

그렇다면 아렌트의 계획이 어그러지는 것도 순식간일 것이다.

"……."

르웰린이 얼굴을 일그러뜨렸다.

아렌트 폰 에크하르트는 이유 없이 행동하는 녀석이 아니었다.

그가 굳이 동료들에게 말하지 않았다는 건, 비밀로 해야만 성공할 수 있는 작전이라는 뜻이겠지.

"도대체 넌……."

"잘 들어."

아득하게 중얼거리는 그를, 아렌트는 마치 유리알 같은

황금색 눈동자로 가만히 바라보았다.

"난 손해 보는 짓은 절대로 안 해. 슬슬 깨달을 때도 됐을 텐데."

늘 그랬듯 무심한, 그리고 한편으로는 차마 의심하기도 어려운 확신에 찬 음성이 들려왔다.

물론 르웰린도 잘 알았다.

얼핏 무모한 도박을 즐기는 듯했지만, 사실 아렌트는 누구보다도 계산적이고 철저한 놈이라는 것을.

얻어맞으면 어떻게든 그 이상으로 갚아 주고, 먼저 쳐들어온 적을 막아 내는데 그치지 않고 어떻게든 엿을 먹여야 직성이 풀리는 게 아렌트였다.

그마저도 이후에 이어질지 모를 피해를 막기 위함이라는 것을, 지금의 르웰린은 아주 잘 알았다.

그러나…….

"그 손해에 너도 포함되냐?"

르웰린이 짧게 물었다.

"뭐?"

아렌트가 인상을 찌푸리며 되물었다.

진심으로 이해를 못했다는 반응이었다. 르웰린은 저도 모르게 꽉 주먹을 쥐었다.

언제나 유순한 미소를 드리우던 눈동자가 차갑게 식었다.

"손해 안 본다며? 거기에 네 안위, 네 목숨도 포함되는 거냐고."

"……."

"네가 제일 잘났고 귀하다면서. 진심으로 그렇게 생각하는 거 맞냐?"

당장 답이 돌아오지 않았다. 답지 않게도 한순간 말문이 막힌 것 같았다.

그것만으로도 르웰린은 충분했다.

"이미 벌어진 일은 어쩔 수 없지. 공범 역할도 해 줄게. 모두의 안위가 걸린 일이니까."

르웰린이 싸늘하게 말을 이었다.

"싸움이 시작되면 이사벨라 누님 옆에 딱 달라붙어 있을 거야. 왕실 기사단이든 영지 주민이든 후작이든 아무도 안 죽게 해 주지. 네가 그러라고 했으니까. 그런데 딱 하나만 알아 둬라."

성큼, 아렌트에게 가까이 다가선 르웰린이 한 글자씩, 마치 짓씹듯 내뱉었다.

"난 널 방패 삼아서 살아남고 싶은 생각은 추호도 없어. 내가 지금 네 말을 들어 주는 건 널 믿기 때문이야. 지금 상황에서 이게 제일 좋은 방법이라 판단한 네 결정을 신뢰하는 것뿐이라고. 하지만 다음은 절대로 없어. 알겠냐?"

"아니, 야……."

언제나 무심한 황금색 눈동자에 드물게도 당혹감이 스

쳤다.

 그가 뭐라 말하려 했지만, 르웰린은 홱 몸을 돌리고 먼저 복도를 가로질러 앞서나가 버렸다.

 성큼성큼 나아가는 걸음걸이에 채 삭히지 못한 분노가 고스란히 묻어났다.

 그 자리에 못 박힌 듯 서서 멀어지는 뒷모습을 아연히 보던 아렌트가 짜증스럽게 제 머리를 헝클었다.

 "돌겠네."

2장. 악당 같은 대사를 할 때

악당 같은 대사를 할 때

 평화에 젖어 있던 레이타르 후작의 영지가 발칵 뒤집어졌다.
 "적습이다, 적습! 모두 신전으로 향하도록! 적습이다!"
 영주성에서 나온 관리들이 직접 고함을 지르며 사람들을 대피시키기 시작한 것이다.
 "갑자기 이게 무슨 말씀이십니까? 적습이라뇨?"
 갑작스레 자신을 가게 밖으로 끌어내는 관리에게 당황한 상인이 물었다.
 "악신교가 쳐들어온다. 당장 식솔들을 모두 데리고 신전으로 가도록."
 "악, 악신교요?"
 그 말에 상인의 얼굴이 사색으로 변하더니 곧 혼비백산

해 자신의 가게로 다시 뛰어들었다.

"악, 악신교가 쳐들어온다! 다들 신전으로 가!"

정신없이 외치는 말을 들은 사람들이 의아한 얼굴로 밖을 내다보았다.

그리고 잠시 후, 왕실 기사단에게 같은 설명을 들은 사람들은 귀중품을 챙길 틈도 없이 가장 가까운 루체 신전을 향해 달려가기 시작했다.

"적이 쳐들어온다!"

"악신교가 습격한다! 모두 가까운 신전으로 가시오!"

도망치며 덩달아 외치기 시작한 사람들 덕분에 민가는 순식간에 텅 비어 버렸다.

불온한 공기를 읽은 것인지, 쥐새끼 한 마리마저도 숨을 죽이고 숨어 버린 새벽.

들리는 거라고는 이따금 루체 신의 신전에서 새어 나오는 두려움에 찬 기도뿐이었다.

성벽의 망루에 오른 르웰린은 침묵에 가라앉은 영지를 착잡하게 내려다보았다.

언제든 공격에 대응할 수 있도록, 이미 화살로 무장한 엘프들과 왕실 기사단이 열을 맞춰 배치된 상태였다.

하지만 적이 쳐들어온다는 말이, 왕실 기사단에는 제대로 와닿지 않은 것 같았다.

채 해도 뜨지 않은 지평선 너머를 경계하는 시선들에는 긴가민가하다는 기색이 채 숨겨지지 않은 채였다.

"네빌 단장이 다그치긴 했습니다만, 아무래도 제대로 실감을 못 하는 것 같습니다."

어느새 르웰린의 곁으로 다가온 이사벨라가 말을 걸어 왔다. 르웰린은 그녀에게 쓴웃음을 지어 주었다.

"어쩔 수 없죠. 그래도 의문을 표하는 사람이 아무도 없는 걸 보니, 모두가 누님을 진심으로 따르는 것 같습니다. 네빌 단장의 통솔력도 나쁘지 않은 듯하고요."

"제게는 모두 과분한 사람들입니다."

그리 대답하는 이사벨라 역시 아까 전과는 조금 다른 차림이었다.

그녀의 허리춤에는 검이 매달려 있었고, 움직이기 편한 옷과 방어구로 몸을 감싸고 있었다.

"누님, 정말로 싸우실 생각이세요?"

"그래야죠. 왕세자의 책무는 뒤에서 물러나서 편안한 곳에 보호받는 것이 아니라고 생각합니다."

그녀의 굳은 대답에 잠깐 생각하던 르웰린이 쓰게 미소 지었다.

"아까 어느 건방진 견습 기사 놈이 그러던데, 마티어스 왕자님이 왕세자가 되는 꼴은 죽어도 보기 싫답니다. 어떻게 생각하세요?"

"물론 그럴 일은 없을 겁니다. 저도 그걸 생각하니 좀 아찔해지는군요. 마티어스에게 왕국을 맡길 수야 절대로 없지요."

이사벨라가 웃음으로 그의 말을 맞받아쳤다.

'확실히……'

그녀를 마주보며 르웰린은 가볍게 생각에 잠겼다.

이사벨라는 나라를 이끌 자격이 있었다.

알로이스 같은 얼간이와는 비교도 되지 않을 정도로 이성적이고, 한편으로는 결단력도 있으니까.

타국의 기사단에 반쯤 주도권을 빼앗겼다는, 자칫 자존심이 상할 수도 있는 이런 상황에서도 이사벨라는 의연했다.

'하긴, 사람을 까다롭게 가리는 그 녀석이 마음에 들어 하는 눈치니까.'

갑자기 르웰린이 말이 없어지자, 그 침묵을 다른 의미로 해석한 이사벨라가 다시 입을 열었다.

"물론 목숨을 함부로 할 생각은 없습니다. 제 입장도 충분히 잘 알고 있으니 안심하세요."

"물론이죠. 그런 걱정은 전혀 안 합니다. 누님이야 잘 처신하실 테니까요."

르웰린이 씨익 웃어 주었다. 하지만 그 미소가 썩 자연스럽지는 않았던 듯했다.

"그렇다면 다른 걱정거리라도 있나요? 표정이 별로 안 좋으십니다. 싸움을 앞두고서 긴장하실 분은 아니라고 생각합니다만."

이사벨라의 지적에 르웰린이 머쓱하게 머리를 긁적였다.

"뭐어……. 속 썩이는 친구 때문에 조금……. 괜찮습니다. 걱정하지 마세요."

"아렌트 경 말이군요."

이사벨라가 가볍게 웃음을 터뜨렸다.

"중요한 순간을 앞두고 다투기라도 하셨습니까?"

"싸움 건다고 받아 줄 놈도 아닙니다. 괜히 시비 걸면 본전도 못 찾아요. 누님도 충분히 보셨잖아요. 그 녀석 성질머리."

그리고 싸웠다기보다는 일방적으로 화를 쏟아 낸 것에 가까웠다.

아렌트는 아무런 말도 하지 않았으니까.

'망할 녀석.'

다시 생각하니 부아가 치밀었다.

나중에 붙잡아 놓고 잔소리를 퍼붓겠다 다짐하던 그는 문득 옆에서 들려온 목소리에 고개를 들었다.

"그래도 보기 좋습니다. 마음을 터놓을 상대가 있다는 건 멋진 일이에요."

"글쎄요."

부드럽게 미소 짓는 이사벨라를 보며 르웰린은 아렌트 흉내를 내듯 어깨를 으쓱였다.

"가끔은 저만 터놓은 것 같기도 합니다. 그 녀석 생각을 알 수가 있어야죠."

"하하. 어지간히도 속이 상하셨나 보네요. 하지만……."

답을 내어 주던 이사벨라가 문득 말을 멈췄다. 주변의 공기가 바뀐 것을 알아차린 르웰린 역시 잡담을 멈추고 급하게 몸을 돌렸다.

 멀리 보이는 길 너머에 느릿느릿 움직이는 그림자가 포착되었다.

 이사벨라가 눈을 크게 뜨려는 찰나, 마침 같은 것을 발견한 엘프 궁수가 크게 외쳤다.

 "적 포착! 구울 무리로 보입니다!"

 적들은 멀리 천천히 떠오르는 태양과 함께 하나둘씩 그 모습을 드러내기 시작했다.

 인간인 르웰린과 이사벨라의 눈에는 아직까지 그저 꾸물꾸물 움직이는 실루엣으로 보일 뿐이었다.

 그러나 엘프들은 아닌 듯했다.

 긴장된 눈으로 서서히 다가오는 그림자들을 노려보던 엘프들이 금방이라도 활을 뽑을 수 있도록 몸을 긴장시켰다.

 그들과 한 조로 배치된 왕실 기사단 역시 덩달아 자신의 무기를 꽉 쥐었다.

 "……온다."

 르웰린이 저도 모르게 중얼거렸다.

 얼마 지나지 않아 그들 역시 적의 모습을 제대로 볼 수 있었다.

 "……!"

르웰린은 순간 술렁이는 기사들의 목소리를 들었다. 심지어는 좀처럼 평정을 잃어버리는 일 없는 이사벨라조차 짧게 숨을 들이켰다.

인간도, 짐승도, 하다못해 몬스터도 아닌 존재들이 추한 몸을 이끌고 작은 시골 영지의 조용한 길을 따라 성을 향해 몰려오고 있었다.

"저게…… 구울입니까?"

이사벨라가 곤혹스럽게 물었다.

아무리 봐도 살아 있는 생물처럼 보이지는 않았다. 살점은 썩어 있었고, 뼈가 드러난 곳도 보였다.

눈구멍에서 다 썩은 검은 피를 흘려대는 개체도 있었다.

가장 끔찍한 점은, 그것들이 이 세상의 어떤 존재와도 비슷한 모습이 아니라는 거였다.

인간의 상반신을 달고서 허리 아래로는 곤충형 몬스터와 결합된 것도 있었고, 머리가 몇 개나 달린 오크와 서로 다른 동물 몇 마리를 누덕누덕 기워 만든 기이한 형체의 짐승도 보였다.

"네. 악신교의 주요 전력이죠. 아까 말씀드렸다시피 끊임없이 재생하는 놈들도 있고, 인간과 흡사하게 생긴 개체 중에는 온전한 지능을 가진 놈들도 존재합니다. 기사들에게는 사전에 충분히 주의를 줬지만……."

르웰린은 힐끗 주변을 지키는 왕실 기사단을 살폈다.

모두가 경악에 차 얼어붙어 있었다.

당연한 일이었다.

거미형 호문쿨루스를 직접 보았더라도, 저런 것들이 한꺼번에 꾸물꾸물 밀려드는 것을 보면 누구나 다 기함할 수밖에 없었다.

그러나…….

이를 악문 네빌 단장이 우렁차게 외쳤다.

"화공을 준비해라!"

"예!"

정신을 차린 기사들이 일사불란하게 움직이기 시작했다.

이 순간에도 적들은 빠르게 밀려들고 있었다.

구울들은 사람들이 숨은 루체 신전 쪽에는 시선도 주지 않고 똑바로 성을 향해 전진해 왔다.

다른 곳은 노리지 않을 거라는 아렌트의 말대로였다.

적들은 천천히 성을 에워싸기 시작했다. 거리가 점차 가까워지자, 네빌이 손을 번쩍 들고 외쳤다.

"모두 전투 준비!"

엘프 전사들이 활시위를 당기자, 대기하던 기사들이 불을 붙여 주었다.

화르륵!

화살촉이 새빨간 불길에 휩싸였다.

안력을 돋구고 적을 관찰하던 엘프 전사가 다시 외쳤다.

"적 지휘관 포착! 인간형 개체가 셋, 무리의 선두에 있다!"

네빌 역시 얼마 지나지 않아 적의 지휘관을 발견했다. 전신을 로브로 감싼 이들이었다.

무기와 방어구로 무장한 것이, 척 보기에도 주변의 구울들과는 다른 존재로 보였다.

지휘관이 존재한다는 건, 구울들 역시 명령을 정도로 어느 정도 이지를 갖추고 있다는 뜻이었다.

네빌이 호령했다.

"발사!"

"……!"

피이잉!

불덩어리가 된 화살들이 활시위를 떠나 적들의 머리 위로 쏟아졌다.

퍽, 퍽!

제일 가는 명궁인 엘프들의 화살은 빗나가는 법은 없었다.

머리와 심장이 꿰뚫린 적들이 픽픽 쓰러졌다. 불덩어리가 된 채 비명을 지르며 날뛰는 개체도 있었다.

그러나 적들은 진군을 멈추지 않았다.

"……발사!"

네빌은 이를 꽉 깨물고 재차 명령했다. 다시금 화살이 비처럼 쏟아졌다. 이번에도 적지 않은 수의 구울들이 쓰러졌지만 지휘관들은 눈 하나 깜짝하지 않았다.

화살 중 몇 개가 지휘관을 향해 날아들었지만, 그들은 검을 뽑아 무난하게 화살을 쳐내 버렸다.

챙강!

무참히 부러진 화살이 바닥을 뒹굴었다. 사방으로 불꽃이 번지기 시작하려는 순간, 가까이에 있던 구울이 불길을 향해 몸을 던졌다.

"케에에에엑!"

구울들은 비명을 지르면서도 자신의 몸으로 불길이 번지는 것을 막았다.

살이 타는 냄새가 사방으로 퍼지기 시작했다.

끔찍한 광경이었다.

"……."

기사들은 할 말을 잃어버리고 말았다. 심지어는 엘프들조차 잠깐 손을 멈출 정도였다.

동료들이 불타 죽어가는 와중에도 구울들은 눈길 한 번 주지 않았다. 그저 사냥감이 있는 성을 향해 똑바로 나아갈 뿐이었다.

적들은 영주성을 완전히 포위한 뒤에야 멈췄다.

정면으로 마주한 구울들의 군세는 상상을 초월하는 규모였다.

"……."

화살로 처리한 적이 결코 적지 않음에도, 영주성을 몇

겹으로 둘러쌀 정도로 숱한 괴물들이 남아 있었다.

추이를 지켜보던 르웰린이 인상을 찌푸렸다.

"아무래도 강한 놈들이 섞여 있는 것 같습니다. 이거 골치 아프겠는데."

"그렇군요."

이사벨라는 애써 담담하게 고개를 끄덕였다. 하지만 본능적인 두려움은 어쩔 수가 없었다.

그녀의 꽉 쥔 주먹이 축축하게 젖어 들고 있었다.

그때, 굳게 닫혔던 성문이 천천히 열리기 시작했다.

끼이익.

투박한 소리에 이사벨라가 놀라 아래를 확인했다.

전투 준비를 마친 황실 제3기사단이 느긋한 걸음걸이로 성 밖으로 나가고 있었다.

이건 예정에 없던 일이었다.

"저분들은 갑자기 왜……. 아직은 나오실 때가 아니지 않습니까?"

이사벨라가 놀라 외쳤지만, 르웰린은 그저 태연하기만 했다.

"아무래도 가만히 기다리기는 좀이 쑤셨나 보죠."

그는 눈으로 아렌트의 모습을 좇았다.

이 짧은 틈에도 아렌트는 제 옆의 선배들과 쓸데없이 대거리를 해 대고 있었다.

"그런 놈들이라구요. 저 녀석들은."

씨익 웃은 르웰린이 마정석을 손에 쥐었다.

스산한 바람이 그의 주변에 맴돌기 시작했다.

"왕자, 그건……?"

심상찮은 기운을 느낀 이사벨라가 눈을 크게 떴다.

"미운 친구 녀석이 예전에 준 선물이에요."

르웰린이 씨익 개구쟁이 같은 웃음을 지어 주었다.

"누님, 제가 재미있는 거 보여 드릴게요."

"네?"

뜬금없는 말에 왕세자의 얼굴에 긴장감 대신 의아함이 서렸다.

바로 직전에 화를 쏟아 내고 온 것을 생각하면 민망한 말이었지만, 르웰린은 아렌트의 괴짜 같은 면모를 제법 좋아했다.

"심각해지면 지는 거예요, 누님. 저 못생긴 놈들을 단번에 쓸어버리자고요."

그중에서도 가장 마음에 드는 건, 어떤 상황이든 일단은 유쾌한 게 제일이라는 말버릇이었다.

* * *

"우와, 진짜 더럽게 많네."

성문 밖으로 발을 내딛자마자 글렌이 투덜거렸다.

바로 얼마 전까지 평화로운 시골 영지였던 도시는 새

카맣게 몰려든 구울이며 키메라에 완전히 점령당한 채였다.

아서 역시 주변을 둘러보고는 질린 소리를 냈다.

"여전히 악취미스러운 외관인데. 왜 저렇게 흉악하게 만드는 거래?"

몸을 풀듯 어깨를 빙글빙글 돌리며 아렌트가 무심하게 말했다.

"그러게요. 저것들 사이에 섞여서 동료인 척해 보는 건 어때요? 선배 얼굴이면 충분히 가능할 것 같은데."

"너 진짜 뒈지고 싶냐? 저놈들이랑 같이 베어 버리는 수가 있어."

"할 수 있으면 해 보시던가요. 죽는 줄 알았다면서 질질 짰던 게 누구였더라."

"이 새끼가 진짜……!"

아렌트가 어깨를 으쓱이며 빈정거리자 아서의 얼굴이 새빨개졌다.

하지만 그가 미처 짜증을 터뜨리기도 전, 리히트가 두 사람을 붙잡고 떼어 놓았다.

"제발 쓸데없이 말싸움하지 마라. 성가시다."

"저는 사실을 말했을 뿐인데요."

"저 자식 말본새가 싸가지 없잖습니까!"

뒷덜미를 붙잡힌 채 아렌트가 퉁하니 대꾸하고, 아서 역시 불만을 터뜨렸다.

악당 같은 대사를 할 때 〈59〉

리히트는 차오르는 한숨을 굳이 참지 않았다.

아렌트는 원래 그랬다고 쳐도, 하루가 멀게 맛이 가는 다른 녀석들은 어쩌면 좋을지.

정작 본인 역시 물들고 있다는 건 미처 자각하지 못한 그였다.

상황을 정리한 사람은 라이오스였다.

"전투에 집중하도록. 말싸움은 나중에 하고."

"하여튼 고리타분하다니까."

투덜거리면서도 아렌트는 아서에게 더 시비를 걸지는 않았다.

그들이 티격태격대는 것을 지켜보던 자카르가 한 마디 얹었다.

"고리타분함과는 거리가 먼 것 같은데. 아렌트 경이 딱 한 마디 제안했다는 이유로, 저하께 보고도 드리지 않고 여기까지 나왔다는 점부터가."

"적들이 상정했던 것보다 많았으니 말입니다. 그리고 화살로 처리하기 힘든 개체들도 제법 보이고."

라이오스가 덤덤하게, 하지만 조금 민망한 듯이 변명처럼 말했다.

"뭐, 이럴 때는 한바탕 기선제압 해 주는 게 좋죠."

슬쩍 미소 지은 아렌트가 검을 매끄럽게 뽑아 들었다.

"저 위에서 지켜보는 사람들한테 재미있는 구경거리나 만들어 주자고요."

"이 자식 또 눈 돌아갔네."

라이더가 투덜거렸다.

하지만 더 불만을 표하는 사람은 아무도 없었다.

"약한 개체는 궁수들에게 맡기고, 활로 일격에 처리하기 힘든 개체 위주로 상대해라. 너무 깊은 곳으로 들어가지는 말고. 포위되면 위험하다."

"예!"

라이오스의 명령에 기사들이 우렁차게 화답했다.

전투의 시작을 알리는 소리였다.

그와 동시에 지면을 박찬 기사들이 적들을 향해 쇄도했다.

"막아! 가까이 접근하지 못하도록 해라!"

적 지휘관 중 한 명이 외쳤다. 그러자 기괴한 행색들의 몇몇 강한 개체들이 앞으로 나서기 시작했다.

"찾아 나설 수고도 덜어 주고, 좋네."

아렌트는 곧장 서리 어린 손길을 발동했다.

검이 순식간에 새하얗게 얼어붙으며, 그의 발치에 서리가 내려앉았다.

"일단 걸리적대는 것부터 다 쓸어버린 뒤에 지휘관 목을 따죠."

"견습 주제에 명령하지 마!"

어느새 바로 옆에 따라붙은 아서가 신경질을 터뜨렸지만, 당연히 무시해 버렸다.

지휘관들은 일전에 나타났던 '크로우'의 상위 호환 개체처럼 보였다.

단번에 처리하기는 힘들 것이다.

순식간에 거리를 좁혀 온 아렌트의 앞을, 거대한 늑대형 구울이 가로막았다.

"케에에에엑!"

반쯤 썩어 버린 주둥이를 쩍 벌리고 울부짖으며, 구울은 날카로운 발톱을 크게 휘둘렀다.

아렌트는 몸을 확 숙이는 것으로 간단히 피해 버렸다.

교대하듯 그 자리를 채운 것은 리히트였다.

콰아앙!

리히트의 검과 괴물의 날카로운 발톱이 정면으로 맞부딪쳤다.

잠깐 힘겨루기를 하던 그는 곧 괴물의 앞발을 흘려 버리고 곧장 목을 쳤다.

서걱!

순식간에 잘려 나간 거대한 머리가 바닥에 툭 떨어져 뒹굴었다.

그러나 머리를 잃고서도 놈은 멈추지 않았다.

"케에에에엑!"

몸을 잃은 머리가 바닥에서 괴성을 터뜨렸다. 남은 몸통 역시 잘려 나간 단면에서 피를 뿜으며 닥치는 대로 발톱을 휘두르기 시작했다.

하지만 그 발악도 얼마 가지 않았다.

퍽!

성벽 위에서 날아든 불화살이 날뛰는 몸통을 정확히 꿰뚫었다.

순식간에 불덩어리가 된 놈은 닥치는 대로 날뛰다 몇 걸음 가지 못해 그대로 쓰러졌다.

소사한 구울 주변으로 불이 사방으로 번지기 시작했다.

적들 중 하나가 불을 끄려 다급하게 접근했지만, 그 역시 불화살에 머리가 꿰뚫리고 말았다.

"케에에엑! 크에에에엑!"

불이 붙은 채 날뛰는 적을 힐끗 본 리히트는 뒤를 돌아보았다.

갑자기 난입한 황실 기사단에 당황하는 것도 잠시, 엘프 궁수들이 다시금 하나둘씩 화살을 활에 걸고 있었다.

왕실 기사단 역시 아군들이 섞여 있다는 사실에 다소 주저하는 듯했지만, 모두가 자신의 임무에 충실하고 있었다.

망설이는 궁수들을 독려한 게 누구인지, 리히트는 어렵잖게 짐작할 수 있었다.

'르웰린 왕자님이 나서셨군.'

피식 웃음을 터뜨린 리히트는 다시 눈앞의 적들에게 집중했다.

아서와 아렌트는 벌써부터 저만치 앞서나가고 있었다. 새파란 후배들에게 뒤질 수는 없었다.

　　　　　　　＊　＊　＊

"칼리온 제국의 기사들 중에 아군 화살에 맞아 죽을 얼간이는 없어. 그러니까 안심하고 쏴!"

목청껏 외친 르웰린은 자신 역시 활과 화살 하나를 집어 들었다.

이사벨라가 놀라 물었다.

"화살도 쏠 줄 아십니까?"

"칼리온 제국에 머물면서 엘프들한테 조금 배웠는데……. 아무래도 썩 재주는 없는 모양이더라고요."

르웰린이 씨익 웃으며 활을 붙잡았다.

"그러니까 운에 맡겨 보는 거죠."

"네?"

"농담이에요."

그의 주변으로 강한 바람이 일기 시작했다. 아티팩트의 힘이었다.

르웰린은 시위를 팽팽하게 당겼다.

"어떻게 쏘든 맞추기면 하면 되는 거 아니겠어요?"

"아니, 잠깐만요! 너무 위험……."

이사벨라는 급하게 그를 말리려 했지만, 르웰린은 이미

활시위를 놓아 버린 뒤였다.

강한 돌풍이 이사벨라의 머리칼을 뒤흔들었다.

그리고 다음 순간.

퍽!

새파란 섬광을 그리며 날아간 화살이 아렌트의 등을 노리던 오크의 머리를 꿰뚫었다.

"……."

이사벨라는 순간 할 말을 잃어버리고 말았다.

그도 그럴 것이 르웰린의 화살은 바로 옆에서 엘프 궁수들이 쏘는 활보다도 더욱 빠르고 강했다.

고작 얼마간 배워서 보일 수 있는 실력이 아니었다.

"제가 재미있는 거 보여 드린다고 했죠?"

"그게…… 아티팩트의 힘인가요?"

멍하니 있던 이사벨라가 간신히 묻자 르웰린이 간단히 대답했다.

"꽤 쓸 만하지 않아요? 아티팩트로 화살의 방향을 조종할 수 있으니까, 파괴력을 향상시키면서 정확도도 올릴 수 있더라고요. 마력도 훨씬 덜 들고."

"……."

기가 막혔다.

이사벨라는 미처 대답도 하지 못했다.

화살을 하나 더 집어 든 르웰린이 다음 표적을 겨눴다.

다시금 그의 주변으로 잔잔한 미풍이 감돌기 시작하더

니, 이내 강한 바람의 힘이 그가 쥔 화살에 응집했다.

피잉!

한 발 더 날아간 화살이 다시금 구울에 명중했다.

퍽, 소리와 함께 오크 구울의 머리통이 박살 났다.

"크에에에엑!"

그러나 구울은 쓰러지지 않았다.

잠깐 휘청거리다 금세 균형을 되찾은 구울이 다시금 아렌트를 향해 달려들기 시작한 것이다.

"커어어억!"

하지만 큰 문제는 없었다.

막 다른 적을 쓰러트린 아렌트가 빙글 몸을 돌려 마지막 일격을 가했다.

서걱!

깔끔하게 상체가 베인 구울은 눈 깜짝할 새, 하얀 서리에 삼켜졌다.

잠시 후.

극한의 저온을 이겨 내지 못한 구울의 신체에 쩌억 금이 가더니, 이내 구울은 은빛 얼음 가루가 되어 흩어졌다.

"……."

미련 없이 돌아선 아렌트는 다른 적을 상대하기 시작했다.

연달아 활을 쏘아 대는 르웰린의 옆에서, 이사벨라는

멍하니 전장을 내려다보았다.

"하……."

헛웃음이 터져 나올 정도로 어처구니없는 광경이었다.

그의 걸음이 닿는 곳에는 순백색 서리가 꽃처럼 피어났다.

검이 궤적을 그린 자리에는 적들이 절규하던 자세 그대로 얼어붙어 있었다.

아렌트의 유려한 움직임은 마치 모두에게 보여 주고 싶기라도 한 듯 자신감 넘치고 화려한 것과 동시에, 지독하게도 효율적이었다.

꼭 강박적인 예술가가 심혈을 기울여 자아낸 검무처럼.

'말도 안 돼.'

시선을 잡아채는 건 라이오스 역시 마찬가지였다.

부하들에게 뒤처지는 게 두렵기라도 한 것처럼, 그는 가장 앞장서서 적진을 파고들고 있었다.

성검은 신성력의 힘과 맞물리는 순간 극한의 힘을 발휘한다고 알려졌다.

그러나 라이오스는 오로지 자신의 힘만으로 전투에 임하고 있었다.

'이런 적을 상대하는 데는 신의 은혜까지는 필요 없다는 것일까.'

라이오스의 검기에 닿은 적들은 순식간에 산산이 조각

났다.

 후두둑 쏟아지는 살덩어리와 핏물을 고스란히 맞으며 라이오스는 주저 없이 검을 휘둘렀다.

 검이 한 번 번뜩일 때마다 적이 도륙 나며, 검고 붉은 핏물이 라이오스 주변 대지를 물들였다.

 두려움을 모르는 구울과 키메라들은 끊임없이 꾸역꾸역 밀려들었으나, 라이오스가 만들어 낸 붉은 영역에 발을 들이는 족족 고깃덩어리가 될 뿐이었다.

 "정말……."

 기사단은 모두가 마치 한 몸이 된 것처럼 자연스럽게 합을 맞추고 있었다. 그 사이에 섞인 자카르 역시 적재적소에 개입하며 자연스럽게 전장에 녹아들었다.

 호쾌하게 적을 베어 나가는 모습은 사뭇 흥겹게까지 보였다.

 "누가 저들을 대신할 수 있을까요."

 이사벨라가 무심코 중얼거렸다.

 갑자기 머리 위로 쏟아지기 시작한 화살 세례에도 기사들은 전혀 동요한 기색이 없었다.

 화살이 날아온 곳을 향해 눈길 한 번 주지 않고 눈앞의 적에만 집중하는 모습은, 그야말로 전장의 화신처럼 보였다.

 '괴물과 싸우기 위해서는 마찬가지로 괴물이 될 수밖에 없다는 건지.'

그녀의 목소리를 들은 르웰린이 씨익 웃었다.

"대신할 필요는 없죠. 저놈들이 선택한 자리가 저기였을 뿐인데. 우리는 우리가 할 수 있는 일을 하면 되는 거예요."

르웰린은 다시금 활시위를 팽팽하게 당겼다.

"적당히를 모르는 놈의 뒷덜미도 한 번씩 잡아채 줄 겸."

신중하게 표적을 포착한 르웰린이 활을 쏘았다.

쐐애액!

바람을 가르며 날아간 화살이 이번에도 아렌트를 노리던 구울의 가슴을 정확히 꿰뚫었다.

구울이 휘청거리는 사이, 바로 옆에서 달려든 아서가 목숨을 완전히 끊어 놓았다.

그 모습을 가만히 지켜보며, 이사벨라가 천천히 고개를 끄덕였다.

"……그렇군요."

나서기로 결정했다면 제 몫을 하라던 견습 기사의 말이 떠올랐다.

아마 르웰린이 방금 건넨 말도 그것과 크게 다른 의미는 아닐 것이다.

"어?"

한동안 상념에 잠겨 있던 그녀는 문득 적진의 이변을 알아차렸다.

최전선이 된 성벽 근처에서 상당히 먼 곳의 구울들이 일사불란하게 움직이기 시작한 것이다.

"왕자님, 저쪽 좀 봐 주세요!"

이사벨라는 막 새로운 화살을 쏘려 하던 르웰린의 어깨를 붙잡았다.

고개를 든 르웰린 역시 그녀가 본 광경을 발견했다.

"저건……."

열을 맞춰 서 있던 구울들이 뒤로 물러나며 공간을 만들어 내고 있었다.

그렇게 만들어진 작은 공터에, 지금껏 뒤에 숨어 있던 인간형 개체가 자신의 피로 바닥에 무언가를 그려 내고 있었다.

르웰린은 얼마 지나지 않아 그것의 정체를 깨달았다.

"소환진 아냐?"

조금씩 완성되어 가는 마법진 형태를 확인한 그가 아득하게 내뱉었다.

적들은 이 전장에 진짜 괴물, 호문쿨루스를 풀어놓을 심산이었다.

르웰린은 얼굴을 일그러뜨리며 활시위를 당겼다.

"징글맞은 놈들 같으니!"

아티팩트의 힘이 강하게 응집되었다.

활과 함께 쥐고 있던 마정석이 빛을 잃어버리고 르웰린의 손안에서 가루가 되었다.

콰아앙!

활시위를 떠난 화살이 무시무시한 파공음을 터뜨리며 공기를 갈랐다. 전장을 가로지른 화살은 마법진을 그리는 술사를 향해 정확히 날아갔다.

하지만.

퍼억!

바로 옆에 있던 구울이 자신의 몸을 던져 화살을 대신 막아 냈다.

"뭐?"

르웰린이 눈을 커다랗게 떴다. 이사벨라 역시 짧게 숨을 들이켰다.

강한 위력이 담긴 화살에 상체가 꿰뚫린 구울이 바닥에 힘없이 툭 쓰러졌다.

하지만 술사는 전혀 동요하지 않고 묵묵히 제 할 일을 이어 갈 뿐이었다.

심지어는 화실에 맞은 구울도 꾸물대며 다시 몸을 일으켰다.

거대한 오크를 누덕누덕 기워 만든 구울은 뻥 뚫린 상체에서 검게 죽은 피를 쏟아 내면서도 다시 버티고 섰다.

그 기괴한 꼴에는 르웰린마저도 질릴 수밖에 없었다.

"진짜 미친 거 아냐?"

"아래에 계신 분들께 알려야 하지 않을까요?"

이사벨라가 급하게 물었지만 르웰린이 회의적으로 말

했다.

"저 사람들이 보통 인간도 아니고, 이미 알아차렸을걸요?"

이미 라이오스와 자카르는 적진 깊숙이 파고들려 시도하고 있었다. 아렌트 역시 리히트와 아서의 보조를 받으며 접근을 시도했다.

하지만 워낙 적군의 수가 많다 보니 당장은 여의치 않은 듯했다.

그런 와중에도 거대한 소환진은 느리지만 확실하게 구색을 갖춰 갔다.

라이오스와 아렌트 역시 빠르게 그쪽으로 접근하려 하고 있었지만, 두 사람이 다다랐을 무렵이라면 이미 소환진은 완성되고 호문쿨루스가 전장에 풀려날 것이다.

그러기 전에 어떻게든 소환을 막아야만 했다.

이사벨라가 외쳤다.

"네빌 단장! 궁수들에게 저쪽을 노리라고 전달해! 절대로 소환진이 완성되도록 내버려두지 마!"

"예!"

상황을 주시하던 네빌이 궁수들에게 신호를 보냈다. 그러자 구울을 견제하던 궁수들 중 절반이 목표를 바꿔 소환진 쪽을 노리기 시작했다.

엘프 궁수들의 화살촉에 마치 검기 같은 마력이 선명하게 맺히기 시작했다.

"발사!"

네빌이 외치자 궁수들이 일제히 화살을 발사했다. 화살이 바람을 가르며 빠르게 표적을 향해 날아갔다.

하지만 결과는 비슷했다.

화살의 기척을 알아차린 구울들이 자신들의 몸을 방어막으로 내어 준 것이다.

퍽, 퍽!

엘프 궁수들의 불화살을 맞은 구울들이 불덩어리가 되어 몸부림치기 시작했다.

"키에에에엑!"

"케에에엑! 케에엑!"

썩은 성대에서 터져 나오는 비명 소리가 전장을 쩌렁쩌렁하게 울렸다.

그러나 구울들은 불덩어리가 되어 몸부림치면서도 술사를 지키는 것을 포기하지 않았다.

"네빌 단장, 계속 쏘라고 해!"

그렇게 외친 르웰린이 새로운 마정석을 꺼내 들었다. 이사벨라 역시 외쳤다.

아까보다도 강한 힘이 화살을 휘감았다.

엘프들 역시 오기가 붙은 얼굴로 활시위를 당겼다.

"발사!"

네빌의 신호에 따라 다시금 불화살이 유성처럼 쏟아졌다.

몇몇 화살은 이번에도 마법진 근처로 떨어졌으나, 그 역시 근처의 구울들을 불덩이로 만드는 데 그쳤을 뿐이었다.

마음이 급해진 이사벨라가 물었다.

"화포는?"

"사용하지 않은 지 워낙 오래되어서, 제대로 작동하는 것이 없다고 합니다!"

왕실 기사가 대답했다.

전쟁은커녕 영지 간의 사소한 분쟁도 거의 없던 세월이었다.

오랫동안 지속된 평화 속에서 검날은 무뎌질 수밖에 없었다.

그나마 불화살을 만들 만한 등유를 구할 수 있었던 것만으로도 다행일 지경이었다.

'당장 술사를 없애는 건 힘들겠지.'

그러나 없는 것을 아쉬워할 여유는 존재하지 않았다.

이사벨라는 침착하게 다음 방법을 생각해 냈다.

"……마법진을 완성할 수 없도록 방해하는 건 어떻습니까?"

"네?"

막 다음 화살을 쥐려던 르웰린이 그녀를 보았다.

이사벨라는 그에게 답을 내어 주는 대신 주변에 있던 기사에게 명령했다.

"기름을 먹인 천을 가져와라! 아니지, 아예 기름병을 가져와!"

"예? 아, 예!"

왕세자의 명령에 잠깐 얼이 빠져 있던 기사가 허겁지겁 달려 나갔다.

르웰린 역시 의아한 표정을 하다 뭔가를 깨닫고 탄성을 터뜨렸다.

"아……!"

* * *

아렌트가 막 거대한 늑대 구울을 베어 낸 찰나.

콰아아앙!

구울 군단의 후방에서 커다란 불길이 치솟았다.

전투에 집중하던 이들조차도 한순간 시선을 빼앗길 정도였다.

"끼이이이익!"

몸에 불이 옮겨붙은 구울들이 비명을 지르면서 날뛰기 시작했다.

아렌트가 상황을 파악하려 잠시 움직임을 멈춘 그때, 다른 쪽에서도 갑작스레 터져 나온 화염이 구울들을 집어삼키기 시작했다.

정확히 마법진이 있던 자리였다.

"아."

단지 그것만으로 아렌트는 일이 어떻게 된 건지 깨달을 수 있었다.

성벽 쪽에서 소환진이 완성되지 못하도록 방해한 것이다.

"제법인데."

아렌트의 입가에 슬쩍 미소가 드리웠다.

기름이 든 병을 르웰린이 화살에 매달아 마법진 주변에 퍼붓고, 그 주변으로 엘프들이 화공을 펼친 결과였다.

기름 범벅이 된 구울들은 속수무책으로 당할 수밖에 없었다.

썩은 살을 태우는 새카만 연기가 막 동이 튼 하늘을 가득 채웠다.

싸움이 점점 무르익고 있었다.

"……."

사투를 벌이는 영웅 앞에 악역 드래곤이 나타날 때가 점점 다가오고 있다는 뜻이기도 했다.

아렌트는 서리 어린 손길의 힘을 더욱 끌어올려, 뒤에서 덤벼 오는 적을 단번에 베어 냈다.

땅을 박찬 아렌트는 새하얗게 얼어붙은 구울의 어깨를 박차고 훌쩍 도약했다.

그의 황금색 눈동자가 정확히 목표물을 포착했다.

"……!"

쿠웅!

 적진 한가운데에 뛰어든 아렌트는 곧장 적을 향해 돌진했다.

 표적은 적들의 지휘관이었다.

 "막아라!"

 갑작스러운 난입에도 지휘관은 당황한 기색도 없이 구울들에게 외쳤다.

 명령을 받은 구울들이 아렌트를 가로막으려 했지만 역부족이었다.

 채 몇 발도 떼지 못하고서 다리가 잘려 나간 것이다.

 절단된 관절에서 검은 피가 뿜어져 나오고, 균형을 잃은 구울들은 그대로 고꾸라져 바닥을 뒹굴었다.

 아렌트가 시선을 끄는 사이 난입한 아서의 작품이었다.

 "혼자 가지 말라고, 좀! 깊이 파고들지 말라는 단장님 말씀은 어디로 처들었냐?"

 "제가 언제 단장님 말 잘 듣는 거 봤어요?"

 불평을 터뜨리는 아서에게 가볍게 대꾸해 준 아렌트는 뒤도 돌아보지 않고 지휘관을 향해 돌진했다.

 어느새 끼어든 리히트가 아서를 도와 퇴로를 막는 구울들을 처리하고 있었다.

 지휘관 역시 물러설 곳이 없다는 사실을 깨닫고는 자신의 무기를 치켜들었다.

새하얀 서리를 휘감은 검과 어둠의 신성력을 드리운 검이 정면으로 맞부딪쳤다.

섬뜩한 냉기가 지휘관을 덮쳤다.

"이건……."

그제야 지휘관의 얼굴에 당황한 기색이 드리웠다.

자신의 무기가 완전히 서리에 뒤덮이기 전, 지휘관이 급하게 아렌트를 쳐내고 뒤로 물러섰다.

지휘관이 낯이 와락 구겨졌다.

"감히 성물로 우리에게 대항하다니."

탁한 눈동자에 검은 신성력이 일렁였다.

"체르니온 님의 이름으로 용서치 않을 것이다. 가장 처참한 죽음으로 죄를 갚게 해주지."

분노가 짙게 농축된 어조에 아렌트가 무심하게 대꾸했다.

"너무 진부한데."

그의 걸음이 닿은 자리가 새하얗게 얼어붙었다.

"지금은 좀 더 악당 같은 대사를 할 때라고."

미처 지휘관이 거리를 벌리기도 전, 아렌트의 검이 은빛 서리를 뿌리며 날아들었다.

"……!"

카아앙!

검이 맞부딪치며 날카로운 쇳소리가 터져 나왔다.

합을 나눌 때마다 사방으로 튀는 얼음 조각이 보석처럼

흩날렸다. 마치 젊은 견습 기사를 호위하는 듯한 서리 폭풍에 눈이 현혹될 지경이었다.
"철모르고 날뛰는 기사여."
하지만 적 역시 녹록지는 않았다.
스산하게 읊조린 지휘관은 한층 더 짙은 신성력을 끌어올렸다.
그는 이성을 흐트러지게 만드는 모든 감각을 차단한 채 자신의 적에게만 집중했다.
"불신자의 말로는 천벌뿐이다."
서리 어린 손길의 힘에 동요하던 마음이 찬물을 끼얹은 듯 차분해졌다.
판단을 흐리는 것은 아무것도 없었다. 그의 머릿속에는 오직 한 가지, 아렌트 폰 에크하르트를 처리해야 한다는 의무만이 남아 있을 뿐이었다.
그러나, 채 한 발을 떼기도 전.
지휘관의 목이 깨끗하게 잘려 나갔다.
베인 목이 바닥에 떨어질 때까지도, 지휘관은 무슨 일이 벌어졌는지 이해하지 못했다.
툭. 참수당한 머리가 바닥에 떨어졌다.
지휘관이 영문을 모르겠다는 듯 눈을 깜빡이려던 순간, 아렌트의 검이 두개골을 꿰뚫었다.
박살 난 머리통은 이내 한 줌의 가루가 되어 흩어졌다.
두부를 잃은 신체는 한동안 갈피를 잡지 못하고 그 자

리에 멀뚱히 서 있었다.

하지만 그것도 잠시, 자카르의 검이 무자비하게 심장을 갈랐다.

그렇게 몸뚱이 역시 검은 피를 흩뿌리며 지면에 고꾸라졌다.

"너네 신은 그런 것도 안 가르쳐 주나 보지. 자나 깨나 뒤통수 조심하라고."

죽어 쓰러진 지휘관을 향해 아렌트가 빈정거렸다.

그러자 자카르가 질린 표정을 지었다.

"아렌트 경. 이런 말 하는 게 옳은지는 모르겠다만, 방금 한 마디 때문에 같은 편이라는 게 다소 유감스러워질 뻔했다."

"칭찬 감사합니다."

"칭찬 아니다."

"교관님도 방금 상당히 멋졌습니다."

자카르가 언짢게 대답했지만, 아렌트는 거기에 한술 더 떠 주었다.

"쥐새끼처럼 살금살금 다가와서 방심한 적의 목을 베어 내다니. 과연 고지식한 엘프 종족의 선구자시네요. 부친까지 자루에 쑤셔 넣어서 납치하신 분답습니다."

"……."

자카르의 얼굴이 썩어들어 가는 것도 순식간이었다.

"네가 그렇게 유도하지 않았나, 아렌트 경. 그리고 아버지께 그런 짓을 저지른 것도 다……."

"남 핑계를 대시는 것까지 완벽합니다."

아주 잠깐, 자카르는 구울의 피가 뚝뚝 흐르는 검을 아렌트를 향해 휘둘러 볼까 고민했다.

하지만 곧 그는 엘프 왕국의 안녕을 위해서 인내심을 발휘했다.

"방금 지휘관이 마지막 개체였다. 이제 명령 체계는 무너졌겠지."

자카르의 말대로였다.

방금 전까지만 해도 잘 훈련받은 병사처럼 움직이던 구울들의 대열이 점차 망가지고 있었다.

"한 놈은 자카르 님이 해치우셨을 테고, 나머지는요?"

"어느새 죽어 있더군. 라이오스 단장이 다른 구울이랑 같이 얼떨결에 쓸어버리신 것 같다."

자카르의 침착한 대답에 아렌트는 잠시 입을 다물었다.

아무리 가까이에서 지켜봐도 적응 안 되는 강인함이었다.

하지만 상념도 잠시, 아렌트는 다시 전장 쪽으로 시선을 돌렸다.

"그나저나……."

아직도 구울들은 많이 남아 있었다.

"더럽게 많긴 하네요."

지휘관들이 모두 죽은 탓인지 혼란에 빠져 날뛰고 있었다.

마지막 지휘관이 숨진 순간, 호문쿨루스를 불러내려던 주술사 역시 르웰린의 화살에 머리가 꿰뚫려 사망했다.

구울들은 더 이상 몸을 던져 주술사를 지키거나 열을 맞추는 등의 행동은 보이지 않았다.

아무래도 죽은 지휘관들이 구울들의 두뇌 역할을 대신했던 모양이었다.

'슬슬 등장할 때도 됐는데.'

아렌트는 멀지 않은 곳에서 구울들을 도륙 내는 아서와 리히트를 힐끗 보았다.

그리고는 르웰린과 이사벨라가 있는 성벽 쪽으로도 시선을 던졌다.

무표정하던 미간이 살짝 구겨졌다.

"쯧."

싸움이 시작되기 직전, 조용히 분노하던 르웰린의 모습이 떠오른 탓이었다.

'쓸데없이 눈치 빠르긴.'

물론 죽지 않을 자신은 차고 넘쳤다.

싸가지 없고 제멋대로인 아렌트를 계속 연기하는 이상, 굳이 남의 말에 귀를 기울일 필요도 없었다.

하지만 르웰린의 말을 그냥 흘려넘기는 것도 별로 내키지 않았다.

'계획을 조금 수정해야 하나.'

계속해서 이런 참견을 받다가는 앞으로의 연기에도 다소 지장이 갈 것 같았으니까.

'결과는 크게 달라지지 않겠지만.'

연출을 좀 더 신경 쓴다면 참견쟁이들의 잔소리도 좀 줄어들지 몰랐다.

마침 자신 주변의 적들을 모두 떨쳐 낸 라이오스가 가까이 다가오는 게 보였다.

아렌트는 어렵잖게 결단을 내렸다.

"자카르 교관님. 그리고 단장님."

갑작스럽게 호명당한 두 사람이 고개를 돌렸다.

아렌트는 검을 다잡으며 짧게 말했다.

"어지간하면 제 옆에서 떨어지지 마세요."

"뭐?"

갑작스러운 말에 라이오스가 의아하게 되물었다. 자카르도 살짝 눈썹을 찌푸렸다.

"이유를 물어도 되겠나?"

아렌트가 두 사람에게 간단히 답해 주었다.

"곧 월척이 낚일 거거든요."

라이오스는 부하에게 한 걸음 다가서며 그렇게 더 캐물으려 했다.

"그게 무슨……."

바로 그때. 기사단장은 저도 모르게 우뚝 그 자리에서

움직임을 멈췄다.

문득 목덜미가 서늘해지는 감각을 느낀 탓이었다.

마치 시간이 정지한 것 같았다.

정신없이 날아다니던 화살이 잦아들고 구울들이 내질러 대는 괴성이 멎었다.

정신없이 검을 휘두르던 기사들과 심지어는 지휘부를 잃어버리고 날뛰던 구울들 역시 마찬가지였다.

피비린내와 썩은내가 진동하는 전장 한가운데에, 누군가가 기척도 없이 홀연히 모습을 드러낸 것이다.

"……엘프?"

자카르가 홀린 듯이 중얼거렸다.

얼핏 안개 숲 종족의 엘프와 흡사한 외모처럼 보이긴 했다.

그러나 한순간 모든 것을 장악하는 존재감이 그가 평범한 엘프나 인간 따위가 아니라는 사실을 증명하고 있었다.

"엘프는 무슨."

그때, 아득해진 정신에 시큰둥한 목소리가 파고들었다.

"날개 달린 파충류일 뿐이죠."

아렌트였다.

스산한 냉기가 감도는 황금색 눈동자에 비릿한 조소가 걸렸다.

"니케포르라는 게 당신인가?"

조용해진 전장에 유난히도 잘 들리는 미성이 파고들었다.

"저……."

아서가 넋이 나가 중얼거렸다.

"저 미친 새끼 진짜……."

한순간 모두가 니케포르의 존재감에 압도당했다.

심지어는 라이오스와 자카르, 그리고 꽤 멀리 있는 성벽의 병력마저도 얼어 버렸다.

그러나 아렌트에게는 전혀 해당 사항이 없었던 모양이었다.

표정 하나 변하지 않은 채, 아렌트는 특유의 삐딱한 시선으로 니케포르를 주시하고 있었다.

"말버릇이 험하다더니, 과연 들은 대로구나."

미소 짓는 드래곤은 주변의 피바다를 한순간 잊게 만들 정도로 아름다운 모습이었다.

허리까지 쏟아지는 금발은 막 떠오른 햇빛으로 자아낸 실 같았다.

선명한 초록색 눈동자는 생명력이 넘치는 것처럼 보였지만, 한편으로는 모든 것을 빼앗길 것 같은 섬뜩함 역시 지니고 있었다.

"하지만 하나 반박하고 싶은데."

니케포르는 눈동자를 천천히 움직여 전장을 훑어보았다.

파충류의 것과 닮은 시선이 자연스레 라이오스에게 닿았다.

"여기까지 이끌려 온 건 내가 아니라 너희들 아니던가?"

그와 눈을 마주친 라이오스는 저도 모르게 성검을 꽉 다잡았다.

니케포르가 라이오스를 향해 빙그레 미소 지었다.

"난폭하게 군 것은 조금 미안하게 되었어. 이번 대 성검의 주인이 누구인지 다소 궁금했던지라. 과연 명불허전의 실력이구나."

니케포르가 짐짓 즐겁다는 듯 흥얼거렸다. 선명한 빛을 품은 초록색 눈동자가 반달 모양으로 휘어졌다.

"하지만……."

강한 마력이 휘몰아치며, 니케포르의 뒤로 순식간에 새하얀 마법진이 피어났다.

"아직 좀 부족한 것 같은데."

주변에 있는 모든 것을 녹여 버릴 듯한 기세의 열기가 느껴졌다.

위기를 감지한 라이오스가 외쳤다.

"모두 숙여라!"

"……!"

기사들이 급하게 몸을 숙인 것과 동시에 눈을 찌르는 섬광이 발사됐다.

섬광은 닿는 것을 모두 잿가루로 만들며 영주성을 향해 일직선으로 쏘아졌다.

성벽을 지키던 이들 역시 반사적으로 몸을 확 숙였다.

니케포르의 마법이 성의 바로 앞에 펼쳐진 방어막에 가로막혔다.

콰아아앙!

섬광이 허공에서 무시무시한 소리를 내며 폭발하고, 후폭풍이 주변을 한바탕 휩쓴 뒤에야 기사들은 하나둘씩 고개를 들 수 있었다.

그들은 눈앞에 펼쳐진 참상에 잠시 할 말을 잃어버리고 말았다.

"……."

성벽 위에 있던 이들 역시 마찬가지였다.

섬광이 스친 자리에 있던 구울들은 모두 잿가루가 되어 뼈조차 남기지 못했다. 지면은 길이라도 난 듯 곧고 깊게 파였고, 주변에 자라났던 식물들은 모두 검게 죽어 있었다.

엄청난 파괴력이었다.

"와……."

르웰린이 얼빠진 탄식을 흘렸다.

언제나 아렌트와 티격태격대는 렉시온에게 익숙해진 탓에 잠시 잊고 있었다.

드래곤은 저런 존재라는 것을.

그들은 손가락 하나 휘젓는 것만으로도 이 땅에 재앙을 내리고, 분노하면 나라 하나쯤은 쉽사리 망가뜨릴 수 있었다.

신과 가장 가까운 종족이라는 찬사가 괜히 있는 게 아니었다.

"역시나 파수꾼이 있었군. 하여간 얼굴 보기 힘들다니까, 우리 렉시는. 안에 틀어박혀서 안 나올 셈인가?"

아쉽게 입맛을 다시던 니케포르는 문득 제게 바짝 접근해 오는 기척을 느꼈다.

고개를 든 그는 어느새 지척까지 다가온 성검의 영웅과 눈을 마주쳤다.

콰아앙!

니케포르가 펼친 방어막에 성검이 가로막혔다.

라이오스는 굳이 억지로 버티지 않고 뒤로 물러섰다.

두려움 한 점 보이지 않는 푸른 눈동자를 확인한 니케포르가 흡족하게 말했다.

"아주 좋아."

니케포르의 한 손에 빛의 입자가 맺히더니 곧 긴 장검의 형태로 변했다.

그는 재차 달려드는 라이오스의 공격에 정면으로 응수했다.

카아앙!

성검과 니케포르의 마력이 응집된 검이 충돌했다.

상정했던 것보다도 강한 힘에 라이오스는 얼굴을 딱딱하게 굳히며 뒤로 물러섰다.

니케포르는 씨익 웃으며 그를 따라 한 걸음을 성큼 내디뎠다.

그리고 그때, 시야에서 벗어난 왼쪽에서 자카르가 달려들었다. 하지만 니케포르는 마치 그 공격도 예상했다는 듯 간단하게 막아 버렸다.

"……!"

드래곤과 검을 마주한 자카르의 얼굴이 창백해졌다.

어떻게든 버티기 위해서 하체에 힘을 실었지만 당장 튕겨 나가지 않는 것이 고작이었다.

힘을 빼고 니케포르의 검을 흘려 버린 자카르가 뒤로 물러서고, 다시 그 자리를 라이오스가 채웠다.

라이오스의 성검에 새하얀 신성력이 깃들었다. 강한 자의 그림자 역시 최대한으로 발동하고, 마력을 움직여 검기까지 드리웠다.

"호오."

니케포르는 곧장 자신의 검을 휘둘러 응수했다.

카아아앙!

찢어지는 쇳소리가 터지며 불꽃이 튀었다. 드래곤의 어마어마한 힘에 한 걸음 주춤 밀려났지만, 그래도 라이오스는 어떻게든 버텨 냈다.

분명 인간으로서는 감당하기 힘든 압박감에 짓눌리고

있을 텐데도 라이오스는 덤덤하기만 했다.

그저 자신이 해야 할 일을 하는 것뿐이라는 것처럼.

니케포르의 눈동자에 감탄이 스쳤다.

"그래, 영웅이라면 이래야지."

검에 가해지는 힘이 점점 더 강해지며, 라이오스는 한 발 두 발 점차 더 밀려나기 시작했다.

강한 압력에 라이오스의 얼굴이 차차 창백해지기 시작했다. 차원이 다른 마력 앞에서 모든 신체와 장기가 비명을 지르는 것 같았다.

그러나 라이오스는 감내해 냈다.

"……그게 제 몫입니다."

라이오스가 딱딱한 목소리로 대답했다. 그러자 니케포르가 웃음을 터뜨렸다.

"그렇군. 부하 한 명의 목숨과 맞바꿔 떠맡은 사명인가?"

"……"

시종일관 굳어 있던 라이오스의 미간이 일그러졌다.

"맞바꾼 적 없다. 내가 선택한 길이고, 내가 책임질 일이다."

"오호라. 왜 분노하는 거지?

니케포르가 짐짓 의아하다는 표정을 지으며 고개를 기울였다.

"부하도 자신의 희생이 아깝지 않았을 텐데. 심지어는

죽지도 않았으니, 수혜를 받은 그대가 화를 낼 일은 아니라고 생각한다만."

새파란 눈동자에 열기가 드리웠다.

성검을 쥔 손에 더욱 힘이 들어갔다. 굳은살이 딱딱하게 자리 잡은 손아귀가 터지며 피가 스며 나오기 시작했다.

라이오스는 니케포르를 똑바로 노려보며 또박또박 말했다.

"그는 제물 따위가 아니다."

"하지만 제물이 되었지?"

결국 참지 못한 라이오스가 그를 밀어내려는 찰나, 익숙한 냉기가 등 뒤에서 존재감을 드러냈다.

"잠깐 실례."

늘 그렇듯 무심한 음성이 들려온 직후, 훌쩍 도약한 아렌트가 라이오스의 뒤통수를 콱 짓밟았다.

"컥!"

뜬금없이 흙발로 밟힌 꼴이 된 라이오스는 한순간 분노도 잊어버리고 말았다.

견습 기사의 만행에 온몸을 긴장한 채 지켜보던 이들도 눈을 휘둥그레 떴다.

그러거나 말거나, 무려 단장의 머리통을 발판으로 써먹은 아렌트는 서리를 흩뿌리며 니케포르를 향해 검을 내려쳤다.

라이오스를 쉽게 떨쳐 낸 니케포르가 검을 머리 위로 크게 휘둘렀다.

카아아앙!

빛의 검과 서리 어린 검이 정면에서 맞부딪쳤다.

몸에서 힘을 빼고 충격을 최소화한 아렌트는 허공에서 몸을 빙글 돌려 니케포르의 등 뒤에 가뿐히 착지했다.

"밟는 감각이 나쁘지 않은데요? 적당히 단단하고, 구울보다 훨씬 낫네."

"……."

이런 상황에서 정신 나간 평이나 지껄이는 아렌트 덕분에 듣고 있던 기사들은 어처구니가 없어지고 말았다.

표정이 썩어들어 가는 건 전혀 기쁘지 않은 칭찬을 들은 라이오스 역시 마찬가지였다.

니케포르가 피식 웃음을 터뜨렸다.

"정말 상상 이상으로 재미있는 애송이로구나."

"재미라도 없으면 이 거지 같은 인생을 어떻게 살아가라고."

아렌트 역시 피식 비대칭으로 입꼬리를 휘었다.

"그리고 상당히 눈이 낮은 모양인데, 아직 진짜 재밌는 건 시작도 안 했어."

그가 마력을 강하게 끌어올리자 한층 더 강한 냉기가 주변을 휩쓸었다. 니케포르의 입가에서 설핏 웃음기가 지워졌다.

아렌트를 가까이에서 본 지금에서야 뭔가 이상하다는 것을 눈치챈 것이다.

"너……."

하지만 니케포르가 뭐라 말을 꺼내기도 전, 아렌트가 먼저 움직였다.

날렵하게 지면을 박찬 아렌트는 드래곤의 정면으로 달려들었다.

니케포르는 황당한 표정을 지으며 뒤로 한 걸음 물러나며 검을 크게 휘둘러 아렌트의 공격을 쳐냈다.

"……!"

강한 힘을 버텨내지 못한 아렌트가 뒤로 크게 튕겨 나갔다.

한순간 중심을 잃을 뻔했지만, 아렌트는 바닥을 한 번 박차고 무사히 착지했다.

니케포르는 아렌트를 향해 한 걸음 성큼 내디뎠다.

하지만 다음 순간, 라이오스가 그의 앞을 가로막았다.

"멈춰라."

라이오스가 치켜든 성검이 살벌한 신성력을 품은 채 니케포르를 똑바로 겨누었다.

조금이라도 더 다가왔다가는 가만히 있지 않겠다는 경고였다.

하지만 드래곤은 더 이상 성검의 영웅에게 관심을 주지 않았다.

마치 봐서는 안 될 것을 목격한 것처럼, 니케포르의 시선은 시종일관 아렌트에게 꽂혀 있었다.

"……."

니케포르는 차가운 눈으로 견습 기사를 가만히 관찰하기만 했다.

마치 신중하게 탐색이라도 하는 것 같았다.

갑자기 니케포르의 태세가 변하자, 현장 분위기가 이상하게 흘러가기 시작했다.

제법 긴 침묵 끝에 드래곤이 다시 입을 열었다.

"넌 도대체 뭐지?"

지금껏 입에 담던 부드러운 어조와 완벽하게 상반되는 싸늘한 음성이 흘러나왔다.

"왜? 이렇게 잘생긴 사람은 처음 보나?"

니케포르와 눈을 마주친 아렌트가 씨익 웃으며 농담처럼 말했다.

"아니면 나한테서 뭐 다른 거라도 읽어 낸 모양이지?"

라이오스와 자카르, 그리고 다른 기사들이 잔뜩 신경을 곤두세운 채 이쪽을 응시하는 게 느껴졌다.

니케포르가 조금이라도 움직인다면 곧장 달려들 태세였다.

아렌트는 그 시선들을 즐기기로 했다.

미안하지만 오늘의 주인공은 라이오스가 아니었다.

지금 이 자리에서 가장 눈에 띄어야 하는 사람은 바로

자기 자신, 아렌트 폰 에크하르트였다.

"예를 들어서……. 렉시온 님이 내 옆에 붙어서 호구 같은 짓거리를 하기 시작한 이유라던가. 아, 그것도 아니면."

아렌트는 보란 듯이 어깨를 으쓱였다.

"당신이 날 죽여서는 안 되는 이유라도 알아차렸어?"

"……."

엘프의 것을 가장하던 니케포르의 동공이 날카롭게 찢어졌다.

드래곤의 눈에는 견습 기사의 몸과 영혼에 역력히 남은 신의 흔적들을 고스란히 비춰 냈다.

눈앞에 있는 어리고 약한 인간은 루체 신의 유희 거리였으며, 체르니온이 호기심을 가진 대상이자 네레이스가 동정을 가지고 격려한 자였다.

어처구니가 없었다.

이러고도 아직 맨정신으로 살아 있다는 것이 믿기지 않을 지경이었다.

한참 동안 침묵을 유지하던 니케포르가 이내 헛웃음을 지었다.

"……하, 이거 진짜 보통 미친놈이 아니군."

제법 마음에 드는 반응이었다.

"그렇다면 말이야."

슬쩍 만족스러운 미소를 지은 아렌트가 다음 대사를 입

밖으로 꺼냈다.

"내가 여기에서 절대로 죽으면 안 되는 이유도 눈치챘겠네?"

"뭐?"

한순간 그 말을 제대로 이해하지 못한 니케포르가 미간을 찌푸렸다.

하지만 딱 몇 초 뒤.

니케포르의 얼굴이 차갑게 얼어붙었다.

아렌트는 그를 향해 짐짓 유쾌한 어조로 덧붙였다.

"이거, 드래곤들한테 제법 잘 먹히는 수법이더라고."

3장. 질 수밖에 없는 술래잡기

질 수밖에 없는 술래잡기

"……저게 무슨 말이냐?"

멍청히 서 있던 글렌이 입술을 달싹였다. 그러나 아무도 거기에 시원하게 답을 내어 주지 못했다.

"그러니까, 저 드래곤이 아렌트를 죽이지 못한다는 말이죠?"

라이더 역시 망연하게 중얼거렸다.

얼핏 헛소리 같았지만 가장 이해할 수 없는 건 그 말에 반박하지 않는 니케포르였다.

니케포르는 황당함 반, 당혹스러움이 반 섞인 초록색 눈동자로 아렌트를 주시하고 있었다.

"……."

신과 가장 가까운 종족.

지상에서 가장 완벽하고 강인한 지성체인 드래곤에게 보내는 찬사이자, 한편으로는 사실 그 자체를 지칭하는 말이었다.

얼마 전 렉시온이 아렌트에게 한마디 언질을 준 적이 있었다.

지금은 그 누구도 기억하지 못하는 시대에, 드래곤은 신의 심부름꾼이라고 불렸다고.

그리고 현재, 그들은 천벌을 두려워해 과거의 일을 입에 담는 것조차 꺼려 했다.

심지어는 렉시온과 니케포르를 제외한 드래곤들은 신을 피해 달아나는 추태까지 보였다.

그런 그들에게 자신이 얼마나 기이하게 보이는지, 아렌트 폰 에크하르트는 누구보다도 잘 알았다.

묘한 대치의 끝에 먼저 입을 연 것은 니케포르였다.

"이제야 알겠군. 렉시온이 왜 갑자기 마음을 바꿨는지. 솔직히 조금 의아했거든. 온갖 더러운 꼴을 보고서 나가떨어진 그 애가 변덕을 부린 까닭을 말이야. 게다가……."

초록빛 눈동자의 동공이 날카롭게 찢어지며 노골적인 살기를 품기 시작했다.

"우리 애들이 이상할 정도로 너를 의식하는 것 같더니. 과연 배포가 넘치는구나."

니케포르의 목소리가 이어질수록 점점 그의 살기 역시 짙어졌다.

자카르와 라이오스가 저도 모르게 검을 다잡았다. 다른 기사들 역시 마찬가지였다.

숨 막히는 긴장감이 흘렀다.

니케포르가 스산하게 읊조렸다.

"그분께서 드디어 무료함에 이성을 잃어버리신 건가? 어째서 네놈 같은……."

그러나 니케포르는 중간에 말을 멈췄다.

아렌트에게 시선을 빼앗긴 탓에 잠시 망각했지만, 이곳에는 지켜보는 눈이 지나치게 많았다.

루체는 체르니온의 적이었지만, 그럼에도 신이라는 사실은 변치 않았다.

그리고 니케포르는 신이 허락하지 않은 말을 입 밖으로 꺼내는 것이 불가능했다.

"……."

그 사실을 다시 한번 자각한 순간, 니케포르는 한층 더 얼굴을 딱딱하게 굳힐 수밖에 없었다.

영웅의 말이 옳았다.

아렌트 폰 에크하르트는 제물 따위가 아니었다.

그런 단어를 붙이기에 눈앞의 견습 기사는 지나칠 정도로 이질적인 존재였다.

'처음에는 미처 눈치채지 못했지만.'

대화를 나누며 자세히 들여다보니 더 많은 것이 보였다.

단지 신의 손길을 받은 것으로 끝이 아니었다.

루체 신의 은총을 입었다고 소문이 자자했지만, 그조차도 중요하지 않았다.

아렌트 폰 에크하르트와 루체의 진짜 관계에 비해서는.

아렌트는 루체와 대등한 관계로 약속을 맺은 인간이었다.

자신은 신의 피조물에 불과했으니, 루체가 저 인간과 직접 벌인 내기를 감히 방해할 수 없었다.

"도대체……."

잠시 입을 다물고 있던 니케포르가 눈을 가늘게 뜨며 읊조렸다.

"너라는 존재를 어떻게 받아들여야 할지 모르겠어. 그분께서는 도대체 무슨 생각이신 거지?"

아렌트가 노골적인 비웃음을 터뜨렸다.

"글쎄. 그건 신한테 직접 물어보는 게 어때? 당신 같은 애완동물을 키우는 꼴을 보아하니 체르니온도 제정신은 아닌 것 같은데. 정신 나간 신끼리는 통하는 거라도 있겠지."

신의 손길을 탄 자라면 결코 입에 담을 수 없는 말들이 쏟아졌다.

니케포르가 어처구니없이 헛웃음을 터뜨렸다.

"하……. 어떻게 여태껏 제정신으로 버티나 했더니, 애초부터 미친놈이라 그런 거였군."

"미친놈이라니. 무례하긴. 내가 멀쩡한 이유는 간단하지 않나?"

아렌트가 씨익 입꼬리를 휘었다.

"내가 더 잘나서 그런 거야. 너희 한심한 파충류들이 두려워서 벌벌 떠는 그깟 신들보다."

오만함이 깃든 황금색 눈동자가 노골적인 비웃음을 드리웠다.

"뭐라 할 말이 없구나. 일단은 네가 앞으로 큰 변수가 될 거라는 것은 확인했으니."

니케포르가 무뚝뚝하게 대꾸했다.

"손을 안 쓸 수는 없겠군. 단지 죽이는 것만이 능사는 아니……."

"죽이는 것만이 능사는 아니다. 나 하나 빼놓고 이 자리에 있는 모든 인간을 몰살시키는 것도 가능하다. 뭐, 그런 말이나 지껄이려고?"

하지만 아렌트가 중간에 말허리를 자르고 불쑥 끼어들었다.

"제법 악당다운 대사긴 한데, 그건 렉시온 님이 이미 써먹은 말이라 별로 재미없거든. 대신 이건 어때?"

아렌트는 보란 듯이 양팔을 활짝 펼쳤다. 마치 무대 위에 선 연극배우처럼 과장된 몸짓이었다.

"나부터 잡아 봐."

"뭐?"

순간 니케포르가 눈썹을 휘었다.

아렌트는 씨익 웃으며 자신의 옷소매를 걷어 올렸다.

햇빛 아래에 아렌트의 피부가 드러난 순간, 그 꼴을 본 사람들은 모두 크게 숨을 들이켤 수밖에 없었다.

하얀 피부가 마치 썩어들어 간 것처럼 검게 물들어 있었다.

"이거, 렉시온 님의 마력이거든? 일전에 이래저래 봉변을 당했다가 회복하는 과정에서 렉시온 님한테 반강제로 받은 건데."

"……."

니케포르의 얼굴이 딱딱하게 얼어붙었다.

"원래 내 것이 아니었던 탓인지, 렉시온 님이 아주 조금만 손을 써도 쉽게 이 꼴이 되더라고. 슬슬 들끓기 시작했으니, 한 두세 시간 뒤면 내 몸이 산산조각 날 테지."

렉시온이 마법으로 손을 써 준 덕분에 라이오스와 엘프들의 감각은 피할 수 있었지만, 옷깃이 흐트러진 사이 르웰린에게 들킬 줄은 미처 예상하지 못했다.

그래서 아렌트는 급하게 계획을 수정해야만 했다.

'원래는 혼자 니케포르를 상대할 생각이었는데.'

나중에 감당하기 힘들 정도로 잔소리가 쏟아지겠지만, 르웰린을 달래기에는 이편이 나을 터였다.

적어도 혼자 숨어서 죽으려 했다는 오해는 피할 수 있

을 테니까.

그리고 겸사겸사 좀 더 재미있는 연출도 할 수 있을 테고.

아렌트의 입가에 더욱 짙은 미소가 드리웠다.

"어때? 술래잡기라도 한 번 해 보는 건? 내가 죽어 버리기 전에 당신이 날 붙잡는 거야."

광신도를 막기 위해서는 이 정도는 해 주는 게 예의였다.

"혹시라도 이곳의 누구 하나라도 죽으면, 내가 먼저 자결할 거다."

황금색 눈동자가 반달 모양으로 휘어졌다.

"그러면 당신도 제법 곤란해질걸."

아렌트도 잘 알고 있었다.

이건 단순히 강짜를 부리는 것에 불과하다는 것을.

하지만 니케포르에게 다른 선택지가 없다는 것도 확실했다.

선대 엘프들이 몰살당했던 사건에서, 아렌트는 두 신이 상대편의 신도는 직접 해치지 못할지도 모른다는 힌트를 얻었다.

'하지만 신의 가호라는 건 지독하게 얄팍하고 변덕스럽지.'

신들은 자신이 직접 고른 영웅을 단번에 내칠 수도 있고, 마음에 안 든다는 이유만으로 세상에서 간단히 지워 버리는 것도 가능했다.

'그리고 무엇보다…….'

루체와 체르니온이 가장 우선시하는 것은 자신들의 안위였다.

일이 귀찮아질 성싶으면, 자신의 가장 열렬한 신도조차도 헌신짝처럼 버릴 수 있는 것이 그들이었다.

그리고 렉시온과 니케포르는 신이란 존재가 얼마나 잔인한지, 누구보다도 잘 알았다.

그러니 이것은 니케포르에게만큼은 확실하게 통할 수밖에 없는 협박이었다.

"……."

니케포르는 갈등에 빠졌다.

만일 루체 신의 뜻을 꺾고 아렌트를 죽게 내버려뒀을 때, 체르니온 신은 과연 자신을 루체 신에게서 보호해 줄까.

"……."

그 사실을 깨달은 니케포르는 전에 없던 분노가 치밀어 오르는 것을 느꼈다.

견습 기사는 스스로의 목숨을 판돈으로 그를 함정에 몰아넣은 것이다.

그 무엇도 확신할 수 없으니, 니케포르는 결국 아렌트의 뜻대로 놀아날 수밖에 없었다.

그야말로 광기 어린 수작질이었다.

"이런……."

으득, 니케포르가 이를 악물었다.

이런 상황에서 체르니온이 자신을 보호해 주지 않을지도 모른다며 의심하게 된 것이 무엇보다도 화가 치밀었다.

"건방진 애송이 같으니."

한순간 니케포르의 신형이 사라졌다.

위기감을 감지한 아렌트가 급히 물러서며 서리 어린 손길을 발동한 순간, 라이오스 역시 반사적으로 움직였다.

금빛 섬광이 아렌트를 향해 똑바로 내리꽂혔다.

콰아아앙!

"크윽!"

공격을 막아낸 라이오스의 입에서 신음이 터져 나왔다.

강한 힘을 받은 금빛 검이 라이오스를 묵직하게 압박했다. 니케포르는 그런 와중에도 아렌트를 똑바로 노려보았다.

"요는, 너를 생포하기만 하면 내 승리라는 뜻이군."

"의욕이 넘치는 모양인데. 할 수 있으면 어디 한번 해 봐."

아렌트가 비릿하게 웃었다.

명백한 도발이었다.

얼굴을 굳힌 니케포르는 라이오스를 강하게 쳐냈다. 열

기를 품은 검이 살을 갈라 놓기 직전, 라이오스가 급하게 몸을 숙였다.

아슬아슬하게 끼어든 자카르가 니케포르의 검을 막아낸 것과 동시에, 균형을 잃은 라이오스가 바닥에 넘어졌다.

흙투성이가 된 꼴로 상체를 세운 라이오스가 신경질적으로 외쳤다.

"아렌트, 나중에 혼날 줄 알아라!"

"불만 있으면 먼저 움직이셨어야죠!"

밉살맞게 대꾸한 아렌트는 벌써 멀찍이 도망치고 있었다.

니케포르는 걸리적대는 자카르를 죽이기 위해 마력을 운용했다.

하지만 자카르의 머리를 터뜨리려던 그때, 니케포르는 멈칫할 수밖에 없었다.

"……."

아렌트를 사로잡기 전까지, 그는 누구도 죽일 수 없었다.

자결하겠다는 엄포가 그저 허풍으로만 들리지는 않았으니까.

"하!"

니케포르가 조소를 터뜨렸다.

황당하다 못해 우스울 지경이었다.

고작 인간의 협박에 못 이겨서 이런 미물을 밟아 죽이는 것조차 망설이게 되다니.

긴 삶에서 이런 경우는 처음 있는 일이었다.

"이렇게 되면 인정할 수밖에 없는데."

아렌트 폰 에크하르트는 위험한 인물이자, 모두가 두 손 두 발 들 수밖에 없는 미친놈이었다.

니케포르는 검을 휘두르는 것으로 자카르를 간단하게 떨쳐 냈다.

"커억!"

힘없이 튕겨 나간 자카르가 지면에 처박혔다.

그러는 사이, 급하게 달려나간 라이오스가 아렌트의 바로 뒤까지 따라붙었다.

"어지간하면 떨어지지 말라더니, 처음부터 이럴 셈이었나?"

"아뇨. 저는 좀 더 쉽게 가려고 했는데, 어딘가의 왕자님이 불만이 많으신 것 같아서."

라이오스가 윽박지르자 아렌트가 태연하게 대답했다.

"굳이 다 같이 고생하고 싶다는데 뭐 어쩌겠어요. 원망은 르웰린한테 하세요. 난 이렇게까지 할 생각은 없었어요."

단장과 견습 기사가 실랑이를 벌이는 사이, 멍하니 서 있던 기사들도 퍼뜩 정신을 차렸다.

"아렌트를 따라가!"

"예, 예!"

리히트의 명령에 기사들 역시 무기를 다잡고 급하게 움직이기 시작했다.

하지만 그것도 여의치 않았다. 아까보다 수가 크게 줄어들긴 했지만, 아직 남아 있는 구울들이 달라붙기 시작한 거였다.

"이런, 젠장!"

라이더가 커다랗게 욕설을 터뜨렸다.

기사들은 전에 없던 기세로 구울들을 도륙 내기 시작했다.

최대한 빨리 처리하고 아렌트를 엄호하러 가기 위함이었다.

처음의 긴박함 따위는 온데간데없이 사라지고 없었다.

니케포르와 아렌트가 나누던 대화에 대한 의문도 머릿속에서 깨끗하게 사라졌다.

드래곤이고 나발이고 이제는 아무것도 중요하지 않았다.

기사들에게 남은 거라고는 다급한 마음과 분노뿐이었다.

목이 세 개 달린 구울을 순식간에 곤죽으로 만든 글렌이 바락바락 악을 썼다.

"저 새끼 잡히면 내 손으로 없애 버린다!"

* * *

망루에서 긴장한 채 상황을 지켜보던 이사벨라는 얼이 빠지고 말았다.

"저게 도대체 무슨……."

"저……."

옆에서 들려온 짜증 가득한 목소리에 고개를 돌렸던 이사벨라는 흠칫하고 말았다.

"저 미친 광대 새끼가 진짜!"

언제나 장난기 넘치던 눈동자에 흉흉한 살기가 감돌고 있었다.

"저럴 줄 알았어, 내가!"

손목이 검게 물든 꼴을 보고서는 무슨 수작질을 꾸미고 있다는 건 이미 예상했다.

하지만 설마 드래곤을 상대로 나 잡아 보라며 놀려 댈 거라고는 상상조차 하지 못했다.

신경질적으로 새로운 마정석을 꺼내든 르웰린은 다시 활을 쥐었다.

당장이라도 아렌트의 머리를 날려 버리고 싶다는 얼굴이었지만, 그의 활이 향한 곳은 기사들의 발목을 잡는 구울들 쪽이었다.

피잉!

세찬 파공음을 내며 날아간 화살이 구울들의 머리를 꿰

뚫었다.

"누님!"

"네, 네!"

이사벨라가 화들짝 놀라 대답했다. 르웰린은 화살을 하나 더 집어 들며 빠르게 말을 이었다.

"어쨌든 이 자리에서 누가 드래곤한테 죽을 일은 없을 것 같거든요?"

"하, 하지만 저 상태라면 아렌트 경이 위험한 거 아니에요?"

"당연히 위험하죠!"

르웰린이 벌컥 화를 냈다.

시간이 다 되기 전, 니케포르는 아렌트를 잡아 그의 마력을 안정화시켜야 한다.

그것이 아렌트가 내건 승리 조건이었다.

지금 아렌트의 상황은 화약을 몸에 두르고서 도화선에 불을 붙인 꼴과 다르지 않으니까.

이사벨라가 곤혹스럽게 중얼거렸다.

"아렌트 경은 도대체 왜 저런 짓을……."

니케포르에게 붙잡힌다면 죽는 것보다 더 심한 꼴을 당할 것이다.

하지만 잡히지 않는다고 해도 마력에 잡아먹혀 죽는다.

어느 쪽이든 목숨이 위태로워지는 건 마찬가지니, 아렌

트에게는 남는 게 없는 거래였다.

르웰린이 짓씹듯 답했다.

"누님, 저 새끼는 본인이 질 만한 내기는 절대로 안 걸어요."

"네?"

"이 빌어먹을 광대 짓의 끝에는 아렌트가 원하는 결과가 분명히 존재한다는 겁니다."

자결하겠다는 말을 믿지 않을 경우를 대비해, 아렌트는 자신의 몸으로 시간제한을 두는 정신 나간 수를 두었다.

이 정도까지나 위험을 감수했다는 건 분명 몇 배로 되갚아 줄 방법 또한 있다는 뜻이었다.

"이건 니케포르가 질 수밖에 없는 술래잡기란 뜻입니다."

그걸 아는 이상 르웰린과 기사단은 아렌트에게 어울려 줄 수밖에 없었다.

이사벨라는 아연실색했다.

드래곤을 상대로 제 목숨을 놓고 도박을 건다는 것부터가 말도 안 되는 일이었다.

'하지만 그걸 군말 없이 따라 준다고?'

동료끼리 믿는다는 건 기사단의 기본적 소양이라고 해도, 이 정도의 신뢰는 다 같이 미친 것으로밖에 보이지 않았다.

하지만 길게 생각할 틈은 없었다.

"어쨌든, 아렌트 경을 엄호해야 한다는 거군요. 아렌트 경이 붙잡히면 우리도 전부 저 드래곤의 손에 죽는다는 것으로 이해하면 되겠습니까?"

이런저런 잡념은 밀어 둔 채, 그녀 역시 흐름에 몸을 맡기기로 했다.

"네. 정확해요."

르웰린이 고개를 끄덕여 주자 이사벨라는 곧장 명령을 내렸다.

"기사단! 아래로 내려가서 황실 기사단을 도와!"

이제 구울은 얼마 남지 않았다.

강한 개체는 황실 기사단이 정리 중이고, 위에서는 엘프 궁수들이 견제해 주니, 지금이라면 왕실 기사단도 충분히 손을 거들 수 있을 터였다.

"예!"

네빌을 비롯한 왕실 기사단이 우르르 아래로 뛰어 내려갔다.

엘프 궁수들 역시 다급한 얼굴로 재차 화살을 메기기 시작했다.

* * *

서걱!

아렌트는 앞을 가로막는 구울을 간단하게 베어 냈다.

잠시 몸부림치다 얼음 동상이 되어 쓰러지는 시신을 확인도 하지 않은 채, 아렌트는 다시 내달리기 시작했다.
 "저 새끼 진짜 잡아서 어디 가둬 버려!"
 "도대체 뭐가 문젠데, 저 자식은! 매번 왜 이딴 식이냐고!"
 등 뒤에서 기사들이 퍼붓는 욕설들이 제법 경쾌하게 들려왔다.
 아무래도 다들 제대로 약이 오른 것 같았다.
 "아렌트 경은 정말 오래 살 거야. 내가 장담하지. 어쩌면 엘프인 나보다도 더 장수할지도 모르겠군."
 옆에서 함께 움직이던 자카르가 칭찬인지 욕인지 모를 말을 꺼냈다.
 아렌트가 아무렇지도 않게 대꾸했다.
 "아무래도 그럴 것 같죠? 욕을 하도 처먹은 덕분에 안 먹어도 배부를 지경이에요."
 "그걸 아는데도 이런 짓을……."
 순간 울컥한 자카르가 쏘아붙이려던 순간, 콰아앙!
 뒤에서 어마어마한 폭음이 들려왔다.
 힐끗 뒤를 돌아보니, 라이오스를 떨쳐 낸 니케포르가 이쪽을 향해 빠르게 접근해 오고 있었다.
 "……!"
 니케포르의 시선이 자신에게 닿은 것을 알아차린 순간, 자카르는 반사적으로 아렌트를 밀치고 검을 치켜들었다.

콰아앙!

미처 눈으로 상대방을 확인할 틈도 없이 확인할 새도 없이 거센 충격이 전신을 훑었다.

"큭!"

니케포르는 차갑게 가라앉은 눈으로 자신을 막아선 엘프를 내려다보았다.

동공이 날카롭게 찢어진 눈동자와 마주친 순간, 자카르는 등줄기가 서늘해지는 것을 느꼈다.

"……."

분노하는 드래곤 앞에서 본능적인 두려움이 꿈틀거렸다.

하지만 자카르는 이를 꽉 악물었다.

엘프의 눈동자에 독기가 서리기 시작하자 니케포르가 비릿한 미소를 지었다.

"호오……. 제법인걸."

아렌트 폰 에크하르트의 만행으로 죽음의 위협에서는 한 발짝 멀어졌다지만, 그래도 본능적인 두려움을 이겨내기란 쉬운 일이 아닐 터였다.

자카르가 날 선 눈으로 니케포르를 노려보았다.

"엘프 전사는 물러나지 않습니다."

"그것참 고결하시군."

어이없는 웃음을 터뜨린 니케포르의 낯이 한순간에 무

표정으로 변했다.

"당장 죽이지는 못하더라도."

니케포르는 간단하게 자카르를 떨쳐내 버렸다.

온전히 감당하기 버거운 힘에 자카르는 한순간 균형을 잃어버리고 말았다.

"……!"

그리고 니케포르는 그 틈을 놓치지 않았다.

"다리 하나쯤 잘라 내는 것은 어려운 일도 아니지."

서늘한 목소리가 들려왔다. 위기감을 느낀 자카르가 급히 몸을 바닥에 굴리는 것과 동시에 금빛 참격이 날아들었다.

하지만 그것은 중간에 난입한 라이오스에게 가로막혔다.

카아앙!

성검과 드래곤의 힘이 충돌하며 거친 파열음이 대기를 찢었다.

새하얀 신성력을 두른 검이 잠시 주춤하나 싶더니, 이내 금빛 검기를 파훼했다.

"……"

그 광경을 눈앞에서 목도한 자카르는 잠깐 넋을 잃어버렸다.

금빛 마력의 잔재가 반짝이며 허공으로 흩어졌다.

그 속에 선 라이오스는 성검을 곧게 든 채 적을 똑바로 노려보고 있었다.

"영웅은 영웅이라는 건가."

잠시 그를 차갑게 노려보던 니케포르가 헛웃음을 터뜨렸다.

라이오스는 대답하는 대신 아티팩트, 강한 자의 그림자가 가진 힘을 극한으로 끌어올리고 땅을 박찼다.

콰직 소리와 함께 지면이 쩍 갈라졌다.

눈 깜짝할 새 니케포르에게 바싹 접근한 라이오스는 새하얀 신성력이 깃든 검을 크게 휘둘렀다.

니케포르는 크게 놀란 기색도 없이 공격을 막아 냈다.

콰아앙!

검이 맞부딪치며 다시금 어마어마한 충격파가 공기를 뒤흔들었다.

라이오스가 스산하게 말했다.

"당신 상대는 접니다."

"미안하지만, 넌 나중에 놀아 주지."

무표정으로 대꾸한 니케포르가 검을 쥐지 않은 손을 가볍게 휘저었다.

"네 정신 나간 부하 때문에 조금 부아가 치밀었거든."

그러자 라이오스의 발치에 새빨간 마법진이 피어났다.

"큭!"

라이오스가 급하게 바닥을 박차고 뒤로 물러난 순간, 새빨간 화염이 그를 집어삼켜 버릴 기세로 치솟았다.

속수무책으로 거리를 벌린 라이오스는 다시 니케포르를 찾으려 고개를 들었지만, 그는 이미 아렌트를 향해 걸음을 떼는 중이었다.

"젠장!"

다급해진 라이오스가 그를 추격하고, 그새 몸을 추스른 자카르 역시 합류했다.

그러나 니케포르가 더 빨랐다.

텔레포트 마법을 시전한 그는 눈 깜짝할 사이 아렌트의 코앞으로 이동했다.

"잡았다."

"우왓!"

갑자기 니케포르가 불쑥 나타나자 아렌트가 급하게 달려가던 방향을 틀었다.

그러나 이미 늦은 뒤였다. 니케포르는 아렌트를 향해 손을 뻗었다.

그때, 피잉!

어디선가 날아온 화살이 니케포르의 뺨을 스치고 지나갔다.

"……."

멈칫한 니케포르는 화살이 날아온 쪽으로 고개를 돌렸다.

잔뜩 긴장한 표정의 왕자가 다음 화살을 활에 거는 모습이 눈에 들어왔다.

그에게서 익숙한 아티팩트의 기운이 느껴졌다.

니케포르가 자신의 뼈를 깎아 만들어 블레이크에게 선물해 주었던 물건이었다.

"발사!"

이사벨라가 호령했다.

어느새 재차 화공 준비를 마친 엘프 궁수들이 니케포르를 향해 일제히 활을 쏘았다.

숱한 불화살이 마치 비처럼 니케포르를 향해 쏟아졌다.

"쯧."

혀를 한 번 찬 니케포르가 손을 휙 내저었다.

강한 돌풍이 전장을 강하게 휩쓸고, 화살들은 모두 맥을 추지 못한 채 바닥으로 우수수 떨어졌다.

수십 개의 화살을 무력화하는 데에는 고작 몇 초밖에 걸리지 않았다.

하지만 라이오스에게는 그 정도 시간 벌이로도 충분했다.

"……정말이지."

등 뒤에서 엄습하는 기척에 니케포르가 얼굴을 구겼다.

"귀찮게 하는군."

카아앙!

니케포르는 뒤돌아선 그대로 검만을 틀어 라이오스를

막아 냈다.

그리고는 정면에서 달려드는 자카르를 향해 손가락을 튕겼다.

허공에 화려한 마법진이 새겨진 직후, 전신을 강타하는 돌풍이 자카르를 다시금 지면에 처박았다.

"커헉!"

강한 충격에 자카르의 입에서 피가 터져 나왔다.

그러는 사이, 아렌트는 또다시 멀리 달아나고 있었다.

아무리 빠르게 도망쳐봤자 드래곤인 니케포르에게는 의미 없었지만, 그럼에도 어째서일까.

멀어지는 등을 보고 있자니 점차 마음의 여유가 없어지고 있었다.

시간이 점점 지날수록, 인간 꼬맹이에게 속수무책으로 놀아나는 자신의 꼴이 얼마나 우스꽝스러운지 깨닫고 있었다.

"하!"

조소를 터뜨린 니케포르는 기습적으로 섬광을 폭발시켰다.

위험을 감지한 라이오스가 급하게 거리를 벌렸지만, 폭발의 여파에 휘말리는 것을 피할 수는 없었다.

"크윽!"

뜨거운 열기가 검을 쥔 손등과 지탱하던 팔에 화상을 남겼다.

검게 그을린 제복이 천천히 붉게 물들기 시작했다.

그러나 라이오스에게 자신의 상처를 돌볼 여유 따위는 없었다.

퍼뜩 고개를 든 그는 니케포르가 자취를 감췄다는 사실을 깨달았다.

"아렌트!"

라이오스가 고함치는 소리를 들은 아렌트가 멈칫했다.

다음 순간, 아렌트는 눈앞에 일렁이는 금빛을 목격했다.

텔레포트를 시전한 니케포르가 아렌트의 바로 앞에 홀연히 나타난 것이다.

"……!"

아렌트는 급하게 그 자리에 멈춰 섰다.

니케포르는 검 대신 날카로운 발톱과 비늘이 돋아난 손을 아렌트를 향해 휘둘렀다.

아름다우면서도 소름 끼치는 광경이었다.

하지만 거기에 넋을 놓을 틈은 없었다.

"빌어먹을!"

아렌트는 급한 대로 굴러다니던 구울 시체를 붙잡아 공격을 막았다.

푸욱!

매캐한 탄내와 함께 이미 산산조각 난 구울의 시신이 순식간에 잿더미가 되었다.

잠깐 시간을 번 사이, 아렌트는 서리 어린 손길을 강하게 발동했다.

"몇백 년이나 살아온 노친네 주제에, 어린애가 좀 놀린다고 해서……."

강한 냉기가 아렌트를 호위하듯 휘몰아치고, 새하얗게 얼어붙은 검이 니케포르를 향해 날아들었다.

카아아앙!

단단한 비늘로 감싸인 니케포르의 한쪽 팔과 아렌트의 검이 정면으로 맞부딪쳤다.

공격이 싱겁게 막혔지만, 아렌트는 아랑곳하지 않고 히죽 웃었다.

"진심으로 빡쳐 하면 안 되지. 채신머리없이. 자존심 상하지도 않나 봐?"

견습 기사의 얼굴에서는 긴장감이나 두려움 따위는 전혀 찾아볼 수 없었다.

단지 노골적인 비웃음과 서리 어린 손길에 잘 어울리는 냉소만이 드리워 있을 뿐이었다.

햇빛을 받은 서리가 은빛으로 반짝였다.

낯설지 않은 냉기가 니케포르의 심기를 거슬렀다.

모든 것이 마음에 들지 않았다.

감히 체르니온 교의 성물을 무기 삼았다는 사실도, 흔들림 하나 없는 유려한 움직임과 서늘한 황금색 눈동자도, 그리고 오만한 비웃음을 담은 입매까지도.

"채신머리라."

니케포르가 싸늘하게 대답했다.

"위대하신 분을 모시는데 그런 건 필요 없지."

기습적으로 덮쳐오는 공격에 아렌트가 급하게 몸을 뺐다.

콰드득.

니케포르의 발톱이 방금까지 아렌트가 있던 지면을 꿰뚫었다.

박살 난 지면의 파편이 사방으로 튀며 한순간 시야를 가렸다.

위기를 감지한 순간, 이미 다음 공격이 코앞까지 날아들어 있었다.

아렌트가 급히 검으로 방어했지만, 엄청난 충격이 전신을 강타했다.

"……!"

정신을 차렸을 때는 이미 몸이 붕 떴다가 지면에 처박히는 중이었다.

한순간 날아갈 뻔한 의식을 가까스로 다잡자니 입에서 울컥 피가 쏟아졌다.

"콜록, 콜록!"

몸을 추스를 틈도 없이 니케포르가 다시금 이쪽을 향해 쇄도하는 게 느껴졌다.

억지로 몸을 움직이려는 그때, 라이오스가 난입해 니케

포르의 앞을 막았다.

카아앙!

성검과 니케포르의 비늘 돋은 팔이 정면으로 충돌했다.

"비켜라."

"거절하지."

스산한 명령에 라이오스가 딱딱하게 대꾸했다

단장이 시간을 벌어 준 틈을 타 아렌트는 급히 자리를 빠져나갔다.

'와, 진짜 빡세다.'

딱 한 대 맞았을 뿐인데도 온몸이 부서질 것 같았다.

언제나 '아렌트'답게 성심성의껏 깝치는 자신을, 렉시온이 평소에 얼마나 많이 봐주고 있는지 새삼 깨달을 수 있었다.

급하게 다가온 아서가 비틀대는 그를 부축해 주었다.

"야, 괜찮냐?"

"괜찮겠냐고요, 염병할 드래곤 같으니."

터진 입가를 대충 닦아낸 아렌트가 독기 어린 미소를 지었다.

"그래도 뭐, 제대로 약 오른 꼴이 썩 보기 좋네요."

"진짜 이 미친 새끼……."

아서는 저도 모르게 질린 소리를 냈다.

하지만 여유 부릴 틈은 별로 없었다.

살아남은 구울이 두 사람을 향해 덤벼들기 시작했다.

"아오, 진짜!"

아서는 아렌트를 제 뒤쪽으로 확 밀친 뒤 구울을 상대했다.

서걱!

오크 구울이 휘두른 팔이 아서의 검에 깔끔하게 잘려 나갔다. 구울이 멈칫한 틈을 타 아서의 뒤에서 튀어나간 아렌트가 서리 어린 손길을 발동했다.

구울이 쩌억 얼어붙은 순간, 아서가 마지막 일격을 가했다.

산산조각 난 구울의 잔해가 얼음덩어리가 되어 와르르 쏟아졌다.

하지만 그게 끝이 아니었다. 이쪽에서 벌어진 소동에 남은 구울들이 몰려들기 시작한 것이다.

검을 고쳐 쥐며 아서가 으르렁댔다.

"너 나중에 보자."

"어쩌라고요."

돌아온 대답마저도 밉살맞았다.

아서는 유유히 자리를 벗어나는 아렌트의 뒷모습을 힐끗 보았다.

한 갈래로 묶은 머리칼 아래로 드러난 목까지 검게 물든 게 보였다.

이제 제한 시간이 얼마 남지 않았다는 뜻이었다.

속에 천불이 일었다.
"망나니 자식 같으니라고."
구울을 처리하는 검이 점차 거칠어졌다.
"방해하지 말고 꺼져!"
한쪽에서는 라이오스와 니케포르가 대치를 벌이고 있었다.
쿵! 쿠웅!
라이오스와 니케포르가 충돌할 때마다 무시무시할 정도의 파공음이 전장을 휩쓸었다.
그나마 이 자리에 있는 이들 중, 니케포르를 상대할 수 있는 사람은 오직 라이오스뿐이었다.
자카르가 거기에 손을 조금이라도 보탤 수 있을 테고.
다시 눈앞의 구울에 집중하면서도 아서는 초조함을 다스릴 수 없었다.
'그마저도 아무도 죽이면 안 된다는 전제가 붙어서 가능한 거지.'
영지 하나를 날려 버릴 수 있는 드래곤을 상대로 인간이 뭘 어찌할 수 있을 리가 없었다.
거기까지 생각이 닿은 아서가 멈칫했다.
"어?"
혼이 쏙 빠진 나머지 모두가 잊고 있던 사실 하나가 불현듯 떠올랐다.
그는 황급히 아렌트 쪽으로 고개를 홱 돌렸다.

어느새 리히트가 그의 옆에 합류해 있었다.

달려드는 구울들을 손쉽게 처리한 리히트는 그대로 아렌트의 뒤통수를 후려갈기려다가 실패했다.

몸만은 재빠른 아렌트가 쏙 빠져나간 탓이었다.

"하, 돌겠네, 진짜."

그 꼴을 보며 아서가 황당하게 중얼거렸다.

헛웃음이 터져 나왔다.

"저 망할 새끼……."

이곳의 모두가 저 빌어 처먹을 놈에게 놀아나고 있었다.

* * *

쿠우우웅!

라이오스가 니케포르의 공격을 쳐내자 어마어마한 파공음이 전장을 휩쓸었다.

피와 땀으로 범벅이 된 라이오스의 머리칼이 흔들렸다.

그 아래로, 드래곤이라는 강한 적을 상대하면서도 한 치의 흔들림 없는 푸른 눈동자가 보였다.

니케포르는 잠깐 상황도 잊어버리고 눈썹을 치켜올렸다.

"호오."

라이오스 드 윈프리드는 그가 상정했던 것 이상으로 강했다.

아직 전성기 시절의 전 영웅에 비할 바는 못되지만, 이대로 성장한다면 조만간 칸을 따라잡을 수도 있을 것 같았다.

'성가시군.'

미간을 구긴 니케포르는 라이오스를 강하게 쳐냈다.

카앙!

니케포르의 금빛 마력과 성검이 마찰하며 빛 조각이 불꽃처럼 사방으로 튀었다.

뒤로 밀려난 라이오스는 급히 몸을 숙였다. 그 위로 니케포르의 발톱이 아슬아슬하게 스쳐 지나갔다.

피했다고 생각한 순간, 다음 공격이 좌측에서 날아들었다.

라이오스는 급히 검을 비틀어 공격을 막아 냈지만, 드래곤의 힘을 온전히 감당할 수 있을 리 없었다.

속수무책으로 튕겨 나간 라이오스는 중심을 잃고 그대로 바닥과 충돌했다.

"커헉!"

라이오스를 떼어 낸 니케포르는 다시 아렌트를 향해 걸음을 뗐다.

아무래도 생각을 바꿀 필요가 있어 보였다.

'저건 영웅의 추종자 같은 게 아니야.'

아렌트는 지금껏 한 번도 보지 못한 종류의 인간이었다.

라이오스와 뜻을 같이하는 듯하긴 했지만, 그를 따른다고 말하는 것도 좀 우스운 것 같았다.

라이오스조차도 그를 저지할 수 없는 것 같은 눈치였으니까.

그 어떤 권력자도, 영웅도, 드래곤도, 하물며 신도 그를 통제할 수 없다.

그렇다면 저 견습 기사를 지배할 수 있는 존재는, 과연 이 땅에 존재하는가.

"하, 재미있군."

니케포르의 입가에 잔인한 미소가 맺혔다.

금빛 마력이 그를 한순간 집어삼켰다.

다시 시야가 돌아왔을 때는, 불쑥 나타난 자신을 발견하고 멈칫하는 견습 기사가 코앞에 있었다.

"장난질은 이걸로 끝이다."

"……!"

아렌트가 본능적으로 물러섰고, 이내 리히트가 난입했다.

"어딜!"

하지만 니케포르는 그에게 눈길조차 주지 않은 채 간단히 손을 한 번 휘저었다.

콰아앙!

강하게 불어닥친 금빛 마력이 리히트를 강하게 내쳤다.

전신을 강타당한 리히트가 피를 토하며 바닥을 나뒹굴었다.

제 몸을 돌아볼 새도 없이, 리히트는 기침을 토해 내며 급히 몸을 일으켰다.

"아렌트!"

아렌트는 급하게 검으로 응대하려 했다. 하지만 니케포르가 더 빨랐다.

카아앙!

미처 대비할 틈도 없이 날아든 공격이 거친 쇳소리를 내며 아렌트의 검을 간단하게 쳐냈다.

"아……!"

검이 손아귀에서 튕겨 나가자, 아무런 표정 변화가 없던 낯에 당황한 빛이 스쳤다.

니케포르는 그대로 손을 뻗어 무기를 잃은 아렌트의 손목을 잡아챘다.

"이제 충분히 놀았겠지?"

머리 바로 위에서 음산한 목소리가 들려왔다. 아렌트는 아티팩트의 힘을 끌어올려 반격하려 했지만, 우두둑.

붙잡힌 손목뼈가 부러지는 끔찍한 소리가 귓전에 스쳤다.

"윽!"

하마터면 비명이 터져 나올 뻔했지만, 아렌트는 입술을 꽉 깨물고 삼켜 냈다.

주변에서 동료들이 뭐라 소리를 지르는 것 같았지만, 그것에 신경 쓸 틈은 없었다.

니케포르는 아렌트를 자신 쪽으로 끌어당겼다. 세로로 동공이 찢어진 초록색 눈동자가 그를 속박하듯 내려다보았다.

"술래잡기는 끝난 것 같은걸, 애송아. 이제 만족스러운가?"

"……."

아렌트는 고개를 들고 똑바로 그를 마주 보았다.

얼굴이 다소 파리해졌을 뿐, 아렌트에게서는 아무런 표정 변화도 찾아볼 수 없었다.

잠깐의 틈 뒤, 아렌트가 입을 열었다.

"……제법 마음에 들긴 했어. 그렇게 잘나셨다는 드래곤이 약이 잔뜩 올라서 초조해하는 꼴이 말이야."

어느새 아렌트는 비릿한 미소를 짓고 있었다.

"당신한테도 제법 새로운 체험이었던 것 같은데. 어때?"

"……."

아렌트를 내려다보는 초록색 눈이 차갑게 식었다.

"살다 살다 별꼴을 다 보는군."

니케포르에게 붙잡힌 손목에서 희미한 연기가 피어오

르며 새빨간 화상 자국이 새겨지기 시작했다.

살이 타들어 가는 와중에도 아렌트는 여전히 눈썹 하나 깜빡하지 않았다.

"아무래도 이렇게 잘난 인간은 흔치 않지. 실컷 봐 두도록."

"내기는 내가 이긴 것 같구나, 아렌트 폰 에크하르트."

니케포르가 무뚝뚝하게 말했다.

시간이 지날수록 검게 물든 피부가 점차 제빛을 찾아가고 있었다.

니케포르가 마력을 억지로 가라앉히기 시작한 것이다.

마력이 진정되며 속이 뒤집히는 느낌에 아렌트의 낯빛이 더욱 창백해졌다.

하지만 아렌트는 빈정대는 것을 멈추지 않았다.

"……애새끼 하나 이겨 먹어서 상당히 흡족한 모양이지? 내가 아까도 말했을 텐데, 드래곤이면 드래곤답게 체면 챙기는 게 좋을 거라고."

"아까도 말했지만, 그분을 모시는 데에 체면 따위는 중요하지 않아."

니케포르가 덤덤하게 대꾸했다.

"그분을 위해 일할 수만 있다면 뭐가 어떻게 되든 상관없지. 그리고……."

아렌트를 가만히 응시하는 초록색 눈동자가 싸늘한 빛을 냈다.

"넌 내가 어떤 대가를 치르건 배제하는 것이 좋겠구나. 죽이는 것을 허락받지 못한다면 영원히 뇌옥에 처박아 두는 것도 나쁘지 않겠지. 그분께 어떠한 벌을 받더라도 상관없어."

이미 골절된 손목을 붙잡은 손아귀에 더욱 힘이 들어가며 뼈를 완전히 으스러뜨렸다.

니케포르의 분노를 대변하듯, 살을 태우는 열기 역시 강해졌다.

"우선은 이곳에 있는 모든 인간을 네 눈앞에서 차례차례 죽여 주마. 드래곤을 우롱한 대가는 결코 가볍지 않다는 걸 몸소 깨닫게 해 주지."

"……."

통증을 삼키듯 얼마간 뜸을 들이던 견습 기사가 다시 운을 뗐다.

"……뭐어. 나쁘지 않은 생각이긴 한데. 내가 할 수 있는 말은 딱 하나뿐이거든."

식은땀이 맺힌 얼굴로 아렌트가 히죽 웃었다.

"할 수 있으면 어디 한번 해 보던가."

"뭐?"

"사람이 조언을 하면 제대로 귀 기울여 들을 줄을 알아야지. 나는 분명히 말했어. 체면 구기지 말라고."

미간을 와락 구기는 니케포르를 마주 보며, 아렌트가 또박또박 말을 이었다.

"신이고 나발이고, 안 그러면 비웃음거리가 되기 십상이거든."

니케포르는 잠깐 그의 말을 이해하지 못했다.

하지만 얼마 지나지 않아, 그는 드디어 뭔가가 잘못되었음을 깨달았다.

아렌트를 붙잡은 채, 니케포르는 급하게 후작성 쪽을 돌아보았다.

지금껏 이 애송이에게 한 눈이 팔려 미처 알아차리지 못했지만, 분명히 있어야 할 존재감이 전혀 느껴지지 않았다.

'설마.'

모골이 송연해졌다.

애초에 사태가 이렇게 될 때까지 아직 '그'가 나서지 않았다는 것도 말이 안 됐다.

니케포르가 멍하니 읊조렸다.

"……언제부터?"

"처음부터지, 멍청아."

아렌트가 퍽 즐겁다는 듯 대답했다.

그리고 마치 그 대사에 호응하듯, 니케포르의 등 바로 뒤에서 검은 마력이 일렁였다.

"그 손 당장 안 떼냐, 미친 노친네야."

익숙한 존재감과 함께 신경질적이기 짝이 없는 목소리 역시 들려왔다.

니케포르는 마치 홀리기라도 한 것 같은 기분으로 뒤를 돌아보았다.

마치 안개 같은 검은 마력이 걷히며 피에 젖은 듯한 새빨간 눈동자가 드러났다.

렉시온이었다.

검은 마력 사이에서 렉시온이 천천히 걸어 나왔다.

"……."

마치 홀린 것처럼 렉시온을 보던 니케포르는 문득 아렌트에게 시선을 주었다.

심한 고통 때문에 백지장처럼 허옇게 질린 얼굴을 하고서도, 아렌트가 씨익 웃었다.

"제법…… 마음에 드는 표정이네."

"……."

니케포르는 차마 대답하지 못했다.

상황을 지켜보던 이들 역시 당황스러운 것은 마찬가지였다.

"도대체 뭐가 어떻게 된 거야?"

라이더가 멍청히 중얼거렸다.

분명 렉시온은 후작의 성안에서 민간인들을 보호하고 있었다.

진짜 위험한 순간에는 개입할 거라며, 그 전까지는 참견하지 않을 거라고 했던 것 같다.

그러니까……. 원래라면 니케포르가 나타난 순간, 렉

시온이 개입했어야 했다.

글렌 역시 얼이 빠진 채 중얼거렸다.

"마지막으로 렉시온 님을 본 게 언제더라?"

"전투 시작 직전까지 아렌트 옆에 계속 계셨던……."

무심코 대답하던 라이더가 뒤늦게 뭔가를 깨달았다.

기척을 줄인다는 이유로, 렉시온은 까마귀로 변신한 채 아렌트에게 달라붙어 있었다.

입을 딱 다문 두 사람에게 아서가 답을 내어 주었다.

"이미 그 전에 바꿔치기하셨던 거겠죠."

그들이 렉시온의 모습을 마지막으로 목격한 곳은 모티어 백작가였다.

그곳에서 렉시온은 하늘을 돌아보겠다며 거대한 새로 변신했다.

그리고 레이타르 후작가로 돌아오기 전, 한 마리의 까마귀 모습으로 돌아와 아렌트의 어깨에 내려앉았다.

"……미친."

라이더가 입술을 달싹였다.

그 시점부터 렉시온은 자리를 비우고 있던 거였다.

혹시나 니케포르가 후작성을 공격할 것을 대비해, 떠나기 전 미리 방어 마법을 설치해 두고서.

그리고 니케포르는 자신의 공격이 막히는 것을 보고는 렉시온이 성안에 머물고 있다고 철석같이 믿어 버렸다.

"……."

모두,할 말을 잃어버렸다.

그 뒤로는 모두가 겪은 대로, 아렌트가 시선을 잡아끈 덕에 렉시온의 존재에 대해 미처 생각해 볼 틈이 없었다.

이곳에 있는 모든 사람이 아렌트의 손바닥 위였다고 해도 과언이 아니었다.

"야, 영감쟁이."

기습적으로 접근한 렉시온이 아렌트를 붙잡은 니케포르의 팔을 잡아챘다.

"놓으란 말 안 들리나?"

눈앞에 다가온 새빨간 눈동자가 여과되지 않은 분노를 고스란히 드러냈다.

"못 놓겠다면 이 팔 통째로 잘라 주지."

음산한 경고가 들려왔다.

마력의 기운이 강해지며, 인간의 것을 가장하던 렉시온의 손에도 날카로운 비늘이 돋아났다.

"……."

드래곤 사이에 팽팽한 긴장감이 흐르기 시작했다.

"하……."

니케포르가 헛웃음을 터뜨렸다.

"술래잡기 운운했을 때부터 이 몸을 가지고 놀았다는 말이구나, 아렌트 폰 에크하르트."

렉시온에게서 강한 혈향이 풍겼다.

그의 바짓단이 신선한 피에 젖은 것도 보였다.

결국 니케포르가 참지 못하고 사납게 물었다.

"말해. 무슨 짓을 한 거지?"

꽈악. 아렌트를 붙잡은 손아귀에 더욱 힘이 들어갔다. 한층 더해진 열기가 살갗을 태우는 냄새가 코를 찔렀다.

그런 와중에도 아렌트는 미간을 조금 찌푸릴지언정, 신음소리 하나 내지 않았다.

"……당신이 여기서 난장 피우는 동안, 빈집털이나 좀 했지."

견습 기사가 창백한 얼굴로 슬쩍 미소 지었다.

"그러게, 끌려 나온 건 우리가 아니라 댁이라니까. 그림슨을 첩자로 보낸 것을 보아하니, 아무래도 그리 멀지 않은 곳에 댁의 둥지가 있을 것 같아서 말이야."

평범한 인간을 미끼로 썼다는 점에서 유추한 가설이었다.

숨을 한 번 몰아쉰 아렌트가 말을 이었다.

"……렉시온 님한테 부탁해서 주변을 수색해 달라고 했거든."

그림슨은 기사들을 모티어 백작가의 영지로 가는 척하다가, 다른 수작을 부려 무슨 수를 써서라도 니케포르와 체르니온교가 도사리는 그곳으로 안내할 속셈이었을 것이다.

어쩌면 그 시점에서 니케포르가 등장해 자신이 꾸민 함

정으로 그들을 강제 텔레포트 시켰을지도 모를 일이었다.

기사들이 그림슨의 연기에 속아 넘어갔더라면 아마 여기가 아니라 그곳이 전장이 됐을 터였다.

"그림슨이랑 첩자들한테 공통적으로 남아 있던 냄새, 기운……. 하나하나가 다 단서가 되는 법이거든. 똥개도 하는 일인데 드래곤이 못할 리는 없지."

니케포르의 얼굴이 딱딱하게 굳어 갔다. 그와는 반대로 아렌트는 즐거워 죽겠다는 듯 입꼬리를 말아 올렸다.

"술래잡기는 당신이 이겼다고 해 줄게. 집을 홀라당 털렸는데 그거라도 이겨야 덜 억울하지 않겠어?"

"그러니 그거 놓고 슬슬 여기에서 꺼져. 여기에서 더 낭비할 시간도 없을 텐데."

렉시온이 뒤이어 비웃음을 터뜨렸다.

"내가 네 둥지에서 무슨 짓을 했는지 확인하러 가야지. 혹시 아나? 몇몇은 아직 목숨이 붙어 있을지."

"……"

니케포르는 한동안 묵묵히 아렌트와 렉시온을 번갈아 보기만 했다.

그의 눈에 강한 갈등이 서렸다.

아직 아렌트는 그의 손안에 있었다.

이대로 목숨을 빼앗는 것도 어려운 일이 아니었다.

하지만 실행한다면 렉시온이 결코 가만히 있지 않을 터

였다.

이곳에는 아직 저력이 충분한 기사단과 성검의 영웅도 있었다.

아무리 니케포르라고 해도 그들을 하나하나 상대해 가며 렉시온을 온전히 감당하는 것은 어려운 일이었다.

'결국 내 안전과 이 꼬마를 교환해야 한다는 거군.'

완벽한 패배였다.

뭔가를 잃은 것은 오로지 니케포르뿐이었다.

꼬리를 말고 도망치는 개조차도 이보다는 덜 우스울 것 같았다.

니케포르는 아렌트를 던지듯 놓아 주었다.

"……!"

순간 다리에 힘이 풀려 비틀거렸지만, 아렌트는 어떻게든 단단히 버티고 섰다.

니케포르는 차가운 눈으로 그를 내려다보았다.

"꼬마야."

"왜."

아렌트가 삐딱하게 대답했다.

혹여 니케포르가 위협이라도 가할세라, 렉시온은 두 사람 사이에 버티고 섰다.

그러나 니케포르는 더 이상 공격할 뜻을 보이지는 않았다.

"가엽게 됐구나."

대신 그는 무덤덤하게 운을 뗐다.

"살아도 산 게 아니고, 죽어서도 쉬지 못할 테니. 적이지만 동정할 수밖에."

아렌트는 순간 말문이 막히고 말았다.

니케포르의 목소리가 천천히 이어졌다.

"세상에 어둠과 빛이 없는 곳은 존재하지 않아. 네가 활개 치는 것도, 휴식하는 것도 모두 그분들의 손아귀 안이란다."

"……."

"매 순간마다 자기 자신을 돌아보며 긴장도 풀지 못하고, 그 어느 때도 마음을 놓을 수 없을 테지. 언제나 그분들이 지켜보고 있다는 걸, 너는 몸소 체감했을 테니까."

니케포르는 동정 어린 눈으로 아렌트를 내려다보았다.

"선대 엘프들이 어떻게 되었는지, 너도 잘 알고 있겠지. 네가 그 전철을 밟지 않을 거라는 확신이 있나? 나조차도 너를 단번에 죽일 수 있는 힘이 있는데, 그분들 앞의 너는 하잘것없는 벌레보다도 못한 존재인걸."

"……."

"엘프들은 그래도 영원한 안식이라도 찾았을 테지만, 글쎄. 욕심 많은 빛의 신이 너를 붙잡아 두는 듯하니, 네 영혼은 어디로 갈 수 있을지 모르겠구나. 원래는 영웅이 짊어져야 할 업보다만."

마치 뜬구름 잡는 선문답 같은 말이었다.

잠깐 뜸을 들이던 니케포르가 차분히 제안했다.

"차라리 나와 함께 가지 않겠니? 잔인하고 포악한 신의 손아귀에서 벗어날 방법을 찾을지도 모르지. 밤의 안식이 함께한다면 좀 더 편하게 살 수 있을 거다."

"이거 진짜 정신 나간 놈이네."

아렌트가 피식 웃음을 터뜨렸다.

"어디서 개수작이야. 사람을 이 꼴로 만들어 놓고 같이 가자면 다냐? 유혹할 거면 좀 더 좋은 조건을 가져오던가. 난 지금도 제멋대로, 아주 편하게 살고 있거든."

견습 기사는 습관처럼 어깨를 으쓱였다.

"실컷 지켜보라 그래. 이렇게 잘났는데, 안 쳐다보고 배겨? 기대해도 좋아. 내가 언젠가는 그 위대하신 면상들을 시궁창에 처박아 줄 테니까."

안색은 나빴지만, 황금색 눈동자에서는 약간의 불안감이나 두려움도 보이지 않았다.

잠깐 뜸을 들이던 니케포르가 짧게 탄식처럼 중얼거렸다.

"……너도 어지간히 미쳤군."

마지막으로 렉시온을 한 번 힐끗 본 니케포르는 마력을 운용했다.

환한 빛이 그를 휘감더니 이내 니케포르가 자취를 감췄다.

텔레포트로 자리를 벗어난 것이다.

질 수밖에 없는 술래잡기 〈143〉

"……."

그가 사라진 뒤, 스산한 정적이 감돌았다. 구울들도 모두 정리된 전장에는 썩은 피비린내만 가득했다.

아무도 먼저 입을 열지 못했다. 움직일 엄두조차 나지 않았다.

그 원인은 물론 니케포르가 사라지기 전 아렌트에게 퍼부은 저주 같은 말들이었다.

뭘 말하는 건지 대부분 알아듣지는 못했지만, 그래도 뭔가가 단단히 잘못되었다는 것 하나만큼은 확실했다.

"……야."

얼어붙은 공기를 깬 것은 다름 아닌 아서였다.

그의 목소리에 아렌트가 고개를 들었다. 아서는 아무 말도 없이 성큼성큼 아렌트에게 가까이 다가갔다.

무시무시한 기세에 아렌트가 미간을 찌푸리려는 찰나, 아서가 아무 말 없이 엉망이 된 손을 낚아챘다.

"윽!"

새삼 덮쳐 오는 통증에 아렌트의 얼굴이 일그러졌다. 상처를 제대로 확인한 아서 역시 와락 인상을 구겼다.

뼈가 부러지고 시퍼렇게 멍이 든 손목 위에 심각한 화상 자국이 선명했다.

"아프다고요! 왜 붙잡고 난리에요?"

아렌트가 바락 고함을 지르며 확 팔을 빼냈다. 하지만 아서 역시 지지 않고 버럭 쏘아붙였다.

"아픈 줄은 아냐? 이 독한 새끼야, 이 지경이 될 때까지 소리도 안 지르고 버텼냐?"

"그럼 뭐 어쩌라고요. 빌빌대면서 아파 뒈지겠으니까 놔달라고 싹싹 빌어요?"

"염병, 그게 차라리 나았겠다! 이거 진짜 미친놈 아냐? 제발 사고 치기 전에 말이라도 좀 하라고! 간 떨어질 뻔했잖아!"

"불만 있으면 선배가 먼저 움직이라고 몇 번이나 말해요? 본인이 무능할 뿐인데 왜 내 탓을 해요?"

아서와 아렌트가 싸우는 소리에 마치 단단한 봉인이 풀린 듯, 여기저기에서 탄식이 터져 나왔다.

"진짜 저 정신 나간 새끼를 어쩌면 좋냐……."

"이게 뭐 하는 짓이야, 도대체……."

어쨌든 상황은 종료됐고, 결과적으로 니케포르는 아무도 해치지 못했다.

승리했다는 사실이 이제야 슬슬 실감 나기 시작했다.

죽은 사람도 없고 구울들도 모두 소탕했으니 드래곤을 상대로 벌인 전투치고는 말도 안 되는 성과였다.

이 모든 게 정신 나간 후배 놈이 또라이 같은 짓을 벌여 가져온 결과였다.

"후우……. 하여튼 손 많이 가는 애새끼 같으니."

렉시온은 제법 피로감이 녹아든 얼굴로 머리칼을 쓸어 올렸다.

아서의 말은 딱히 과장이 아니었다. 렉시온이 조금만 늦게 도착했더라면 손목이 완전히 끊어졌어도 이상하지 않을 상처였다.

그러나 너덜너덜해진 건 다른 이들 역시 마찬가지였다.

주변을 한 번 둘러본 렉시온이 떨떠름하게 중얼거렸다.

"다들 꽤 힘한 시간을 보낸 모양이군."

글렌이 허공을 보며 허탈하게 읊조렸다.

"진짜 말도 마십쇼……. 뒈지는 줄 알았습니다……."

주변의 기사들 역시 묵묵히 고개를 끄덕였다.

라이오스가 골치 아파 죽겠다는 얼굴로 관자놀이를 꾹꾹 눌렀다.

"렉시온 님께도 이것저것 여쭤보고 싶은 것이 많습니다만, 그것보다 더 급한 게 있으니 잠시 미뤄 두겠습니다."

라이오스는 시선을 들어 아렌트를 똑바로 보았다.

"아렌트."

"……."

냉기가 뚝뚝 떨어지는 목소리였다.

아서와 아렌트가 저도 모르게 찔끔해 싸움을 멈출 정도였다.

분노로 이글대는 새파란 눈동자가 아렌트에게 똑바로

향했다.

"우선은 치료부터다. 그다음은 각오하도록. 설교 한두 시간으로는 안 끝낼 거다."

"전 혼날 짓 안 했……."

아서가 불만스레 투덜거리는 후배의 말허리를 잘랐다.

"너 그냥 닥쳐라. 더 험한 꼴 보기 전에. 선배로서 진지하게 하는 충고다."

썩 틀린 말은 아니라, 아렌트는 그 조언을 받아들여 얌전히 입을 다물었다.

4장. 잠 못 드는 밤

잠 못 드는 밤

　부상이 없는 이들끼리 전장 뒷수습에 나선 사이, 황실 기사단은 레이타르 후작이 내어 준 응접실에 모였다.
　너덜너덜해진 아렌트의 손을 본 렉시온이 쯧 혀를 찼다.
　"이건 당장 치료하지는 못하겠군. 마법으로 단번에 낫게 하면 뼈가 엉뚱한 모양새로 붙어 버릴 거야."
　"혹여 이후에 움직이는 데에 지장이 생깁니까?"
　옆에 선 라이오스가 초조하게 묻자 렉시온이 언짢게 투덜거렸다.
　"보통은 그럴 테지만, 단장. 내가 누군지 종종 잊어버리는 것 같은데. 시간을 들여서 조금씩 치료하면 문제없이 되돌릴 수 있다. 좀 귀찮긴 하지만."

그렇게 대꾸하며 렉시온은 아렌트에게 치료 마법을 시전해 주었다.

손끝에서 빛이 터져 나오며 끔찍한 화상 자국이 옅어지고 검게 죽었던 피부가 어느 정도 제 색깔을 찾았다.

렉시온이 뒤로 물러서자, 옆에서 대기하던 치료사가 얼른 다가와 붕대를 감아 주었다.

알싸하게 밀려드는 통증에 아렌트가 얼굴을 구겼다.

"으윽, 그 망할 새끼 진짜……."

렉시온이 그에게 타박을 주었다.

"한심한 놈. 난 분명히 말렸다. 자업자득이지."

"그러게 누가 늦장 부리래요?"

하지만 아렌트는 적반하장으로 뚱하니 대꾸할 뿐이었다. 황당해진 렉시온이 눈을 치떴다.

"어처구니가 없군. 성가신 일은 전부 다 나한테 떠맡겨 놓고, 이걸 또 내 탓을 한다고?"

"불만 있으시면 좀 더 민첩하게 움직이셨어야……."

아렌트가 지지 않고 쏘아붙이려 했지만, 퍼억!

미처 말을 끝내기도 전 라이오스가 그의 뒤통수를 호되게 후려갈겼다.

"악!"

"조용히 해라. 진짜 화내기 전에."

라이오스가 음산하게 경고했다. 냉기가 뚝뚝 떨어지는 얼굴이었다.

단장이 단단히 말아 쥔 주먹을 본 아렌트가 입을 다물었다.

아무래도 제국제일검에게 여러 번 얻어맞는 꼴은 사양하고 싶었으니까.

소파에 자리를 차지하고 앉아있던 르웰린이 밉살맞게 끼어들었다.

"혼자 설치더니 꼴좋다. 보아하니 당분간 검도 못 쥐겠네. 잘됐네. 어디 처박혀서 요양이나 해. 우리 왕국 감옥이라도 빌려줄까? 제법 아늑할걸."

"그렇게 아늑하면 너나……."

아렌트가 그를 흘겨보며 차마 한 마디를 다 완성하기도 전, 라이오스가 다시 응징을 가했다.

퍼억!

"아! 아, 왜 자꾸 때려요?"

한 대 더 얻어맞은 아렌트가 뒤통수를 매만지며 왈칵 짜증을 터뜨렸다. 라이오스는 손을 거두며 덤덤하게 대꾸했다.

"반성의 기미가 전혀 없어 보여서."

"잘못한 게 없는데 왜 반성을 해요?"

"한 대 더 맞고 싶은 모양이지."

"……."

그제야 아렌트가 조용해졌다.

견습 기사를 닥치게 만든 라이오스가 한숨을 푹 내쉬었

다. 골치가 아프다 못해 머리가 지끈거릴 지경이었다.

치료사가 자리를 비운 뒤, 라이오스가 본론을 꺼냈다.

"어떻게 된 일인지 보고해. 처음부터 끝까지, 하나도 빼놓지 말고."

"쳇. 아까 말한 그대로입니다."

아렌트는 얻어맞은 곳을 괜히 몇 번 긁적이며 입을 열었다.

"악신교가 모티어 백작가의 영지 주민들을 죄다 빼돌렸다고 해도 그리 멀리 떨어진 곳까지 데려가지는 못했을 것 같고. 아무래도 근처에 놈들의 근거지가 있을 것 같아서 렉시온 님한테 수색을 부탁드렸어요."

"언제부터?"

"그림슨이 첩자라는 걸 알아차렸을 때부터요."

라이오스의 물음에 아렌트가 퉁하니 대꾸했다.

그림슨이 끌고 온 호문쿨루스를 처리하는 동안, 렉시온과 엘프들은 모티어 백작가를 수색했다.

그 시점부터 아렌트의 꿍꿍이는 이미 시작되었던 거였다.

첫 수색 때, 렉시온은 엘프들 몰래 니케포르의 근거지를 알아낼 단서를 수집했다.

그리고 르웰린과 함께 다시 모티어 백작 영지로 향했을 때, 공중에서 돌아보겠다 말하며 그대로 떠나 버렸다.

"그때 바꿔치기했어요. 제 옆에 있던 건 렉시온 님이

아니라 스텔이었고. 방어 마법은 두 번째 수색을 떠나기 전에 설치해 뒀습니다. 습격당하기 전에는 발동하지 않도록 해 둬서 단장님이랑 자카르 님도 눈치채지 못하신 거예요."

"……."

아렌트가 설명을 이어 갈수록 일행의 눈이 초점을 잃어 갔다.

결국에는 처음부터 완전히 놀아났다는 뜻이었다.

렉시온이 딱하다는 듯 끌끌 혀를 찼다.

"애초에 니케포르는 날 가장 경계하고 있었을 테니, 그대로 자리를 비우는 것도 무리수가 있지. 내가 없다는 걸 알면 제멋대로 활개를 칠 테니까."

그래서 렉시온이 자리를 비운다는 사실을 철저하게 숨길 필요가 있었다.

아렌트가 첨언했다.

"니케포르도 여기에 렉시온 님이 있다고 여겼으니 필요 이상으로 조심스럽게 군 거겠죠."

렉시온이 없었더라면 일단 성부터 날려 버리고서 시작했을지도 모른다.

호문쿨루스를 소환하는 소환진을 미리 주변에 가득 깔아두고 기습적으로 쏟아 낸다거나, 구울을 성안에 미리 침투시키는 것도 충분히 가능한 일이었다.

그랬다면 전투는 훨씬 힘겨워졌을 터였다.

하지만 렉시온이 있다면 그것도 모두 무용지물이었기에, 니케포르는 그 모든 방법을 포기했다.

"그리고 니케포르가 여기에서 난동을 부리는 동안, 놈이 자리를 비운 근거지를 털어 버린다……. 뭐 그런 간단한 계획이었어요."

아렌트가 어깨를 으쓱했다.

"그렇다고 여기에서 피해자가 나는 것도 곤란하잖아요. 애써 고생한 보람도 없고. 그리고 니케포르가 렉시온 님의 부재를 알아차리는 것도 좀 곤란하니까, 시선을 분산시키기 위해 최선을 다해 약 올렸죠."

그래서 아렌트는 자기 자신을 판돈으로 걸어 내기를 걸었고, 결과는 대성공이었다.

도발에 넘어간 니케포르는 아렌트를 추격하는 데 정신이 팔려 속수무책으로 당할 수밖에 없었다.

설명이 모두 끝났지만, 기사들은 한동안 아무런 대꾸도 하지 못했다.

르웰린 역시 황망하게 허공을 볼 뿐이었다.

"넌 진짜……."

지켜보는 내내 심장이 몇 번이나 철렁했다.

하지만 정작 일을 벌인 놈은 천연덕스러운 낯짝을 하고 있으니 속이 부글부글 끓을 수밖에 없었다.

다른 기사들 역시 심정은 마찬가지인 것 같았다.

아렌트를 향해 흉흉한 시선이 모여들기 시작했다. 그걸

알아차린 아렌트가 인상을 찌푸렸다.

"뭐요. 불만 있으면 선배들이 먼저 움직이셨어야죠. 아니면 편들어 줄 드래곤을 꼬셔 오던가."

이곳저곳에 상처를 매단 채 손 하나는 완전히 붕대에 감긴 꼴로 그런 말을 지껄이는 게 웃기지도 않았다.

부하들을 대신해서 라이오스가 침착하게 입을 열었다.

"……아렌트."

차분하게 가라앉아 있었지만, 얼핏 살기까지 느껴질 정도로 분노가 농축된 음성이었다.

"아무래도 이해를 못 하는 것 같으니 네 식대로 설명해 주지."

"네?"

"백번 양보해서, 목숨은 안전했다고 치자. 하지만 네가 만일 회복 불가능한 상해를 입거나, 손발이 조금이라도 안 맞아서 네가 치명상을 당했다면."

단장은 아렌트의 코앞에 불쑥 다가갔다.

"아무도 안 죽었으니 다행이다, 승리를 거뒀으니 만족스럽다며 희희낙락할 사람이 이 자리에 단 한 명이라도 있나?"

라이오스가 짓씹듯 하는 말에 아렌트가 입을 꾹 다물었다.

"네가 죽다 살아난 게 바로 얼마 전이다. 그때 내가 얼빠진 꼴을 보이는 것도 실컷 구경했겠지. 그게 단지 나에게만 한정된 이야기라고 생각하나? 네게 무슨 일이 생긴다면 결국에는 기사단의 사기가 크게 떨어지고, 더 나아가 전력 손실까지 이어지겠지."

새파란 눈동자 아래로 고스란히 녹은 분노가 일렁이고 있었다.

"네가 입는 피해가 너만의 것이라고 생각한다면 큰 오산이다. 알겠나?"

"……."

당장 대답하는 대신, 아렌트는 퉁한 얼굴로 라이오스를 올려다보기만 했다.

납득 못 하겠다는 낯짝 덕분에 라이오스는 더 분통이 터질 수밖에 없었다.

결국 단장은 주먹을 다시 단단히 말아쥐고 세 번째로 견습 기사를 쥐어박았다.

퍽!

제법 강한 일격에 아렌트는 소리도 지르지 못하고 머리를 감싸 쥐었다.

"아오, 진짜……!"

"한 번만 더 이런 짓 했다가는 나도 가만히 안 있을 거다."

라이오스가 사납게 으르렁대자 아렌트가 지지 않고 대들었다.

"가만히 안 있으면 뭐, 파면이라도 하시게요?"

"아니. 황태자 전하께 부탁드려서 제국에서 가장 좋은 자리에 있는 휴양지에 처박아 버릴 거다. 아무것도 못 하게."

"……."

아렌트는 그대로 뻣뻣하게 굳어 버렸다.

그 뒤에도 라이오스의 으름장은 멈추지 않았다.

"밖에서 무슨 일이 터져도, 넌 가장 안전한 곳에서 구경만 하게 해 주겠다. 한 달쯤 유배시켜 둔다면 반성하는 척이라도 하겠지."

"……."

입을 꾹 다문 아렌트의 표정이 꺼림칙해졌다. 지금껏 무슨 말을 해도 안 먹히던 잔소리가 드디어 빛을 발하는 순간이었다.

"저게 협박으로 먹힌다는 게 말이 되나?"

르웰린이 어이없이 중얼거렸다. 하지만 라이오스는 거기에서 그치지 않았다.

"렉시온 님. 치료도 최대한 느긋하게 부탁드립니다."

"호오? 어째서?"

렉시온이 고개를 기울이자 라이오스가 짧게 대답했다.

"손을 못 써야 며칠이라도 얌전히 있을 테니까요."

"네? 아니, 잠깐……."

당황한 아렌트가 급히 끼어들려 했지만 렉시온이 먼저 선뜻 고개를 끄덕였다.

"무슨 뜻인지 알겠다. 그렇게 하지."

"아니아니, 그런 게 어딨어요?"

아렌트의 항변은 전혀 씨알도 먹히지 않았다. 렉시온이 그를 곱지 않은 눈으로 흘겨보았다.

"아까도 말했지만, 자업자득이다. 이번 기회에 제대로 새겨 두도록. 네 몸은 헝겊 인형이 아냐. 대충 고쳐서 쓰는 것도 정도가 있지."

"……."

답지 않게 말문이 막혀 버린 아렌트를, 기사들과 르웰린은 조금 즐거운 마음으로 구경했다.

그러나 아서는 마냥 이 순간을 즐기지만은 못했다.

이런저런 타박을 건네는 동료들의 목소리를 흘려들으며, 아서는 상념에 빠져들었다.

'살아도 산 게 아니고, 죽어도 쉴 수 없다…… 라.'

얼핏 보면 그저 패배자의 마지막 저주 같은 말이었다. 실제로 다른 이들은 대부분 그렇게 받아들이는 것 같았다. 정신없는 상황에서 제대로 들은 이들도 몇 없는 것 같았고.

하지만 아서는 그냥 넘길 수 없었다.

'그것도 아렌트와 렉시온 님의 거래랑 관련 있는 건가.'

문득 한밤중의 대신전에서 있었던 일이 떠올랐다.

루체 신에 대한 증오를 곧이곧대로 드러내던 아렌트와 그제야 아렌트를 온전히 믿겠다고 말하던 렉시온.

그때 일이 오늘 니케포르가 아렌트에게 건넨 저주 같은 말들과도 어쩌면 관련이 있을지도 모르겠다는 생각이 들었다.

더 나아가서, 분명히 로저의 검에 숨이 거의 멎었던 아렌트가 살아 돌아온 까닭과…… 공교롭게도 바로 그 순간, 라이오스가 성검을 손에 쥘 수 있었던 이유까지도.

'지금 따질 수는 없겠지.'

적어도 여러 사람이 있는 곳에서 입에 올릴 만한 화제는 아니었다.

묻는다고 해서 쉽게 대꾸해 줄 아렌트도 아니었고.

아서는 라이오스를 힐끗 보았다.

자신이 눈치챈 것을 그가 모를 리 없었다.

하지만 라이오스 역시 지금은 잠자코 있을 모양이었다.

"아."

침묵이 흐르려는 찰나, 아렌트가 운을 뗐다.

"렉시온 님, 그 사람들은요?"

"곡물창고 몇 개에 나눠서 밀어 넣어 뒀다. 아직 조용한 걸 보니 아무도 못 찾은 모양이군."

렉시온이 그렇게 대꾸하자, 모두의 얼굴에 의아함이 서렸다.

르웰린이 대표해서 물었다.

"그 사람들이라니?"

"니케포르가 빼돌렸던 모티어 백작가의 인간들."

아렌트가 시큰둥하게 답을 내어 주었다.

"내 말을 어디로 들었어? 죄다 털어 왔다고 했잖아."

"……뭐?"

기사들의 입에서 얼빠진 소리가 튀어나왔다. 팔짱을 척 낀 렉시온이 담백하게 첨언했다.

"다행히도 세뇌당한 것 빼고는 멀쩡하기에. 니케포르의 부하로 보이는 놈들만 골라서 처리하고, 나머지는 전부 빼돌려 왔다."

애초부터 렉시온과 아렌트의 목표는 모티어 백작가의 사람들을 구해 오는 거였다. 니케포르의 근거지를 박살 내는 건 오직 덤이었을 뿐이었고.

"신도들 몇이 죽어 나가든 별로 신경도 안 쓸 놈이지만. 기껏 채워 놓은 곳간이 싹싹 털린 걸 보면 속 좀 쓰리지 않을까?"

지금쯤 니케포르는 텅 비어 버린 근거지 앞에서 멍하니 헛웃음만 터뜨리고 있을 것이다.

"그 망할 파충류 속을 긁어 주기엔 시체 더미를 보여 주는 것보다, 그쪽이 더 효과적일 테지. 고작 이 정도 망신살로 퉁칠 거라 생각했다면 오산이야."

"……."

"빌어먹을 사이비 동료들한테도 실컷 비웃음당하라지. 잘난 척하더니 꼴좋다."

응접실에 떨떠름한 침묵이 흘렀다.

모두는 재차 깨달았다.

적대하는 자에게는 어떤 식으로든 엿을 먹여 주는 놈, 그게 바로 아렌트라는 것을.

"……너 잘났다, 새끼야."

한참 만에 아서가 질린 목소리로 말했다.

아렌트는 배부른 고양이처럼 만족스레 미소 지으며 소파에 몸을 푹 기댔다.

"나도 알아요."

* * *

딱 10분 뒤, 후작성이 발칵 뒤집어졌다.

누군가가 곡물 창고에 갇혀 있는 사람들을 발견한 탓이었다.

그렇지 않아도 전장을 수습하느라 아수라장이 된 마당에 그런 일이 벌어졌으니, 레이타르 후작은 미치고 팔짝 뛸 노릇이었다.

하지만 그는 가까스로 정신을 차리고 사람들을 수습했다.

모두 다 기억을 잃은 채 패닉에 빠져 있었지만, 건강에는 큰 문제가 없는 상태였다.

그날 저녁, 왕세자와 르웰린 왕자, 라이오스, 자카르가 모인 자리에서 레이타르 후작이 보고했다.

"모티어 백작 내외는 무사히 발견했습니다. 두 분 다 아무것도 기억하지 못하는 상태인 데다가, 상당히…… 난폭해지셨습니다만. 그래도 일단, 건강상 문제없습니다."

"혹여 빠진 사람은 없습니까?"

이사벨라 왕세자의 물음에 레이타르 후작이 식은땀을 닦으며 대답했다.

"영지민 명단 전부를 확보하지는 못했기에 정확히 파악할 수는 없습니다만…… 제법 많은 인원이 사라진 것 같습니다. 모티어 백작 내외의 자제분들도 보이지 않고요."

"그렇군요."

이사벨라가 흐린 표정으로 답했다. 르웰린 역시 착잡한 얼굴이 되었다.

"아마 그들의 행방은 영원히 찾아낼 수 없겠죠……."

실종자들은 이미 개조당해 괴물이 되었거나, 교단 본부로 옮겨져 체르니온 신을 위해 일하고 있을 것이다.

잠깐 침묵하던 이사벨라가 다시 입을 열었다.

"이들을 구해 낸 것만 하더라도 큰 소득입니다. 물론 그들 역시 처벌을 피할 수는 없을 것입니다만. 일이 이렇게 된 것은 미리 알아차리지 못한 왕실의 책임도 있겠지요."

"어찌하실 생각이십니까?"

자카르가 조심스럽게 묻자 이사벨라는 잠시 고민했다.

"……일단은 일상생활을 할 수 있도록 치료부터 해 볼 생각입니다. 그리고 자신의 행동에 책임을 질 수 있을 만한 상태가 된다면 합당한 처벌을 내리려 합니다."

잠시 후, 이사벨라가 천천히 말을 이었다.

"하지만 이왕이면 극형 대신 나라에 기여할 수 있도록 노역형이나 징역으로 끝내고 싶습니다. 그렇게 해도 괜찮겠습니까?"

그녀의 마지막 물음은 칼리온 제국을 대표하는 라이오스에게 향했다. 라이오스는 고개를 끄덕여 주었다.

"저하께서 뜻하시는 대로 하십시오. 제국에서도 기억 상실자를 대상으로는 극형보다는 종신형을 선고하는 편입니다."

"감사합니다."

이사벨라가 작게 미소 지으며 고개를 끄덕였다.

"혹시 그들의 용태는 어떻습니까? 기억이 돌아올 조짐이 조금이라도 보이던가요?"

"유감스럽게도……. 착란 상태인 채로 호전을 보이는 일은 거의 없습니다."

어째서 자신이 징역형에 처해졌는지 이해하지 못하는 사람이 대부분이었다.

"다시금 악신교에 투신할 조짐이 보이지 않는다는 것

잠 못 드는 밤 〈165〉

은 다행스러운 일입니다만, 그래도 방심하지는 않으셨으면 합니다. 기억을 지배하는 아티팩트의 효과가 어디까지 영향을 미치는지 알 수 없으니까요."

라이오스의 설명에 이사벨라가 얼굴을 굳혔다.

"어느 순간 다시 돌변할지 모르니, 충분히 경계해야 한다는 말씀이시군요. 말씀 감사합니다. 잘 알았습니다."

"그 성녀라는 사람이 문제인데……. 성녀와 직접 접촉하지 않는다면 놈들이 소위 말하는 세례를 받지도 못한다는 거잖아요."

르웰린이 턱을 되며 짜증스럽게 투덜거렸다.

"신앙을 가진 순간 그 세례를 받으면 세뇌 상태가 되고, 혹여 배교하거나 적에게 사로잡혔을 때 기억을 잃게 된다는 건데. 라이오스 단장. 그 성녀라는 자에 대해서는 밝혀진 게 있어?"

"마지막으로 목격된 곳은 엘프 왕국의 그림자 종족 영역입니다만…… 유감스럽게도 따로 알아낸 바는 없습니다. 일단 악신교의 배후에 성녀가 있다는 것을 확인한 정도에 그쳤습니다."

아렌트가 아니었더라면 성녀와 아티팩트, '므네모시네의 숨결'이 존재한다는 사실마저도 알아내지 못했을 가능성 역시 있었다.

르웰린이 앓는 소리를 냈다.

"상당히 비밀스럽네. 눈치를 보아하니 니케포르란 그

망할 드래곤도 성녀의 지시를 따르는 것 같고……. 니케포르는 교단의 2인자쯤 되려나?"

"일단 성녀는 인간이나 엘프 종족이라고 추측 중입니다. 언제나 로브로 전신을 가린 채 모습을 드러내는 탓에 성별도, 생김새도 알 수 없습니다만. 명칭으로 보자면 일단 여성이라는 것 하나만큼은 확실합니다."

라이오스의 대답에 이사벨라가 진지하게 시선을 내리깔았다.

"전신을 로브로 가린 여성이라……. 네펠레 왕국 내부에서도 수배를 내려야겠습니다."

"아마 그 성녀도 인간이 아닐까, 하는 추측이 들긴 합니다."

묵묵히 있던 자카르가 운을 뗐다.

"라이오스 단장께서도 인간이니까요."

"그게 무슨 상관이에요? 자카르 님."

그의 말을 퍼뜩 이해하지 못한 르웰린이 되물었다. 자카르는 잠깐 뜸을 들이다가 대답했다.

"전대 영웅, 칼리온 제국의 초대 황제 칸께서도 인간이셨지요. 그게 우연처럼 여겨지지는 않습니다. 루체 님도 그렇고, 모든 신들은 균형과 조화를 중시하니까요."

"성검의 주인인 라이오스 단장이 인간이니까……. 악신교의 성녀 역시 인간이어야 균형이 맞단 말씀이신가요?"

이사벨라가 확인하듯 묻는 말에 자카르가 고개를 끄덕여 주었다.

"예. 단지 억측일 뿐입니다만. 그럴 가능성이 높지 않을까 합니다."

"균형과 조화라."

르웰린이 신음처럼 중얼거렸다.

"체르니온 신은 조화를 깨는 존재라서 악신이 된 건가?"

왕자가 문득 던진 질문에 이사벨라가 굳은 얼굴로 대답했다.

"그렇지 않을까요? 구울이나 호문쿨루스는 자연의 법칙을 깨는 존재처럼 보였습니다. 고대에 있었다는 구울이나 골렘보다 더욱 악랄한 방식으로 창조된 것이 그 괴물들 아닙니까?"

지금까지 조사한 바로는, 과거 전쟁에도 악신교는 구울을 전력으로서 동원했다.

오래 전부터 그런 존재를 만들어 냈던 것이 체르니온 신이라면, 그 질서 파괴를 보다 못한 루체 신이 철퇴를 내리기로 결심했다 말하더라도 전혀 이상한 일이 아니었다.

"……글쎄요."

하지만 라이오스는 조금 생각이 다른 듯했다.

그의 말에 의외라는 시선이 모여들었다. 라이오스는 그

들과 눈을 마주치지 않은 채 짧게 대답했다.

"어쩌면 그리 쉽게 말할 수 있는 일이 아닐지도 모릅니다."

"네?"

이사벨라가 놀라 눈을 조금 크게 떴다. 그러나 라이오스는 그대로 화제를 돌려버렸다.

"신의 뜻을 어찌 다 파악하겠습니까. 하지만 자카르 교관님의 의견에는 동의합니다. 체르니온 교의 성녀 역시 신의 선택을 받아 탄생하는 거라면, 그녀도 인간일 가능성이 크겠군요."

엘프 종족은 폐쇄적인 사회에서 살아가고, 드래곤은 지금 활동 중인 둘을 제외하고는 거의 멸종하다시피 한 상태인 데다 웨어 울프나 다른 수인족들은 신을 따르지 않았다.

그러니 신에게도 다른 선택지는 없을 것이다.

라이오스가 이 화제를 달가워하지 않는다는 걸 알아차린 이사벨라가 말머리를 돌렸다.

"어쨌든, 레이타르 후작님. 당분간만 그들을 맡아 주실 수 있으시겠습니까? 조속히 왕궁으로 압송할 수 있도록 하겠습니다."

"여, 여부가 있겠습니까."

멍하니 대화를 듣고만 있던 레이타르 후작이 화들짝 놀라 고개를 끄덕였다.

잠 못 드는 밤 〈169〉

"피해 복구와 그들의 숙식에 드는 값은 물론 왕실에서 지급할 것입니다. 협조 감사드립니다."

이사벨라가 고개를 가볍게 숙이자 레이타르 후작이 기절할 듯이 제자리에서 펄쩍 뛰었다.

"아닙니다! 응당 해야 할 일을 했을 뿐입니다. 저야말로 저하와 성검의 영웅이신 라이오스 단장 일행께서 악적을 물리치는 장면을 목격할 수 있었으니 크나큰 행운이었습니다."

정작 그는 신전에 숨어 있느라 그들이 싸우는 모습은 조금도 보지 못했을 테지만, 굳이 그 점을 지적하는 사람은 아무도 없었다.

자카르가 라이오스와 르웰린에게 넌지시 물었다.

"그나저나 아렌트 경은 어떻습니까? 함께 올 줄 알았는데 안 보이는군요. 혹여 부상이 심한 겁니까?"

"아뇨. 지금껏 실컷 굴렀으니, 뒷수습은 본인 일 아니라며 쌩하니 들어가 버렸어요."

르웰린이 투덜거렸다.

"하여튼 웃기는 자식이라니까요. 이미 여기저기 다 참견해놓고 이럴 때만 뒤로 쏙 빠지지."

"부상도 걱정하실 정도는 아닙니다. 회복하는 데는 조금 시간이 걸린다고는 합니다만, 당분간은 쉬게 할 생각입니다."

라이오스의 말에 자카르가 무뚝뚝한 얼굴에 개운치 못

한 빛을 띠었다.

"복귀한 지 그리 오래된 것도 아닌데, 아렌트 경은 참 다사다난하군요."

"다 자업자득이죠. 성격은 잔뜩 꼬여선, 다른 사람이 걱정하는 줄도 모르고."

르웰린이 불만스럽게 구시렁댔다.

"말린다고 말려지는 녀석도 아니고요. 실컷 일을 다 벌려 놓고서 다 잘 됐으니까 문제없지 않느냐는 식이라 할 말도 없게 만든다니까요. 하여튼 싸가지 없는 새끼."

"매번 그런 식이라면, 지켜보는 입장에서는 곤혹스러울 것 같습니다."

이사벨라까지 그렇게 말하자 라이오스가 한숨을 푹 내쉬었다.

"늘 죄송합니다. 언젠가는 버릇을 고쳐 줄 생각입니다만……."

"고생은 라이오스 단장이랑 부하들이 하지. 감당하기 힘든 놈 간수하느라 늘 수고가 많아. 나야 뭐, 그놈의 악우 정도니까. 내가 자처한 일이기도 하고."

손을 휘휘 내저은 르웰린이 쓴웃음을 지었다.

"그 자식은 도대체 뭐가 문제인지."

"제가 모자란 탓일 겁니다."

"이것 봐, 단장도 글러 먹었다니까? 단장이 모자란 사람이라고 하면 나는 뭐, 바보 천치게? 아까 그 녀석 혼내

잠 못 드는 밤 〈171〉

던 기세는 어디 갔어?"

라이오스가 덤덤히 답하는 말에 르웰린이 인상을 와락 구겼다.

"어쨌든 그놈, 뭐가 하나 단단히 고장 나 있는 건 틀림없으니까 조만간 무슨 수라도 내. 저러다 진짜 팔다리가 날아가도 눈 하나 깜짝 안 하겠어."

"……아마 쉽지는 않을 것 같습니다만, 노력하겠습니다."

잠깐 뜸을 들이던 라이오스가 천천히 고개를 끄덕였다.

* * *

한바탕 수습 작업이 끝난 뒤, 깊은 밤.

침대에 파묻혀 있던 아렌트가 문득 눈을 떴다.

"……."

잘 거니까 꺼지라며 쓸데없는 대거리를 하던 선배들과 르웰린을 쫓아낸 지는 이미 한참 지난 뒤였다.

하지만 그의 눈에는 약간의 졸음기도 남아 있지 않았다.

아렌트는 결국 한숨을 푹 내쉬며 짜증스럽게 자리에서 벌떡 일어났다.

"빌어먹을."

머리를 헝클려던 그는 오른손이 붕대 신세라는 걸 뒤늦게 깨닫고는 이내 그만두었다.

'잠 좀 못 잔다고 해서 골골대는 신체는 아니라 다행인가.'

아주 유감스럽게도, 니케포르의 말은 틀리지 않았다.

니케포르는 아렌트가 지금껏 무시하려 애쓰던 부분을 정확히 짚어 냈다.

언젠가부터 조용한 밤이 마음에 들지 않았고, 이따금씩 대낮의 햇살에도 거부감이 들었다.

빛과 어둠에게 음습하고 난폭한 자아가 존재한다는 것을 직접 두 눈으로 확인해 버렸으니까.

어딜 가든 끊임없이 시선이 따라붙는다.

신의 수작으로 흔적도 없이 사라져 버린 진짜 '아렌트'에 대해서도 문득문득 떠올랐다.

'아렌트'가 바꿔치기 당한 것처럼, 약간만 수틀린다면 그들은 언제든지 그가 공들여 만든 판을 부술 수도 있을 것이다.

이곳이 진짜 무대라면 막간을 이용해 무대 뒤에서 한숨 돌릴 수 있겠지만, 그것조차 불가능했다.

"하아……."

침대머리에 상체를 기댄 아렌트는 자포자기하고 멍하니 어두운 천장을 바라보았다. 불 꺼진 조명의 크리스털 장식이 창문 너머 비쳐 든 달빛을 받아 창백하게 반짝였다.

자신이 한 선택이니 후회는 없었다.

그럴 거라는 사실을 어렴풋이 알고서도 받아들인 역할이니 불평할 생각도 없었고, 가만히 당하고 있을 생각은 더더욱 없었다.

세상의 주인을 자처하는 이들이 어떤 결말을 바라든, 아렌트는 이 무대를 자신의 입맛대로 끌고 갈 계획이었다.

'그래도 조금, 진짜 조금은.'

아렌트는 성한 손으로 눈가를 꾹 눌렀다.

"……피곤하다."

아무도 듣지 못할 혼잣말이 허공에 흩어졌다.

* * *

다음 날, 이사벨라에게 뒤처리를 맡긴 뒤 황실 기사들은 최대한 일찍 복귀할 채비를 서두르려 했다.

하지만 오전, 제 선배들을 마주한 아렌트는 그것이 쉽지 않을 것임을 직감했다.

"……아니, 개고생은 내가 다 했는데 왜 댁들이 죽을상이에요?"

식사하러 모인 자리에서 다 죽어 가는 채 테이블에 널브러진 이들을 발견한 아렌트가 타박을 놓았다.

그러자 글렌이 눈을 홉떴다.

"누가 드래곤 손에 저민 고기 꼴 될까 봐 무리해서 움직여서 그렇지, 이 새끼야."

인간의 몸으로 분노한 드래곤의 기운을 곧이곧대로 받아들이는 건 쉬운 일이 아니었다.

게다가 니케포르가 난입한 시점에서, 혹여나 아렌트가 구울에게 발목 잡히지 않도록 정신없이 몸을 혹사시킨 통에 근육이 욱신거릴 지경이었다.

하지만 아렌트는 가차 없었다.

"한심하긴. 그거 다 정신력 문제입니다."

"진짜 귀신은 뭐하나, 저 망할 새끼 안 잡아가고."

라이더가 곧이곧대로 욕을 퍼부었다.

바른 몸가짐에 올바른 언어습관 역시 기사의 필수 소양이었지만, 이제 3기사단에서 그런 것을 신경 쓰는 사람은 아무도 없었다.

망할 견습 기사 놈을 외부로 방생하지 않는 것만 해도 그들은 최대한의 기사도를 발휘하는 중이었으니까.

"기사가 되어서 귀신한테 그런 걸 바라면 안 되죠. 원하는 바는 스스로 쟁취해야지."

"오냐, 너 조만간 내 손으로 처리해 줄 테니 그렇게 알아라."

"할 수 있으면 해 보시던가요. 드래곤도 못하는 걸 선배 따위가 무슨 수로."

으르렁대는 글렌에게 밉살맞게 대꾸해 준 아렌트는 야

무지게 식사를 시작했다.

그를 쳐다보는 기사들의 머릿속에 똑같은 생각이 스쳐 갔다.

'망할 새끼.'

마침 아렌트의 앞자리에 피로해 죽겠다는 얼굴의 아서가 등장했다.

다친 손으로도 요령 좋게 입에 소세지를 넣던 아렌트가 눈살을 찌푸렸다.

"뭐야. 선배는 낯짝이 또 왜 그래요?"

"너 때문이잖아, 새끼야."

아서에게서도 다른 이들과 비슷한 대답이 돌아왔다.

아렌트는 이해를 못 하겠다는 듯 어깨를 으쓱하고 식사를 계속했다.

그를 흘겨본 아서는, 한숨을 푹 내쉬며 자신 몫의 식사를 꾸역꾸역 입으로 쑤셔 넣기 시작했다.

'아렌트는 아직 눈치 못 챈 것 같긴 한데.'

아무래도 선배들도 자신과 같은 이유로 밤잠을 설친 듯하다고, 아서는 직감했다.

자신만 귀담아들었다고 생각했던 니케포르의 저주를, 모두가 다 신경 쓰고 있는 것이다.

'아마 다들 어렴풋이 저주 정도라고만 생각하시는 듯하지만.'

그들은 아렌트와 렉시온 간의 거래를 잘 모르니까.

하지만 그 탓에 피로한 와중 잠을 설친 것은 아무래도 마찬가지인 듯했다.

그런 와중에 혼자만 멀쩡한 낯짝인 아렌트를 보고 있자니 속이 터질 지경이었다.

그마저도 저 얼굴만 봐서는 진짜 멀쩡한 건지 아닌지 확인을 할 수 없다는 점이 더욱 열받았다.

하지만 놈을 붙잡고 따질 수는 없으니, 아서는 그냥 눈을 홉뜨고 후배를 노려볼 수밖에 없었다.

"……맛있냐?"

해석하자면 그게 목구멍으로 넘어가냐, 정도의 뜻이었다.

하지만 아렌트는 여전히 아랑곳하지 않았다.

"맛있네요. 해안 지역이라 그런가, 해산물 요리가 많아서 마음에 드는데요?"

"많이 처먹어라, 그래."

결국 아서도 포기하고 다시 식사를 시작했다.

아렌트는 소스가 올라간 생선 살을 썰며 아서를 시큰둥하니 바라보았다.

'하여간 눈치만 빨라서는.'

아서가 넘겨짚은 것과는 달리, 아렌트는 이미 그들이 어떤 이유로 피곤해하는지 어렵잖게 짐작해 낸 뒤였다.

'이럴까 봐 어지간하면 남들 앞에서는 니케포르랑 대면하지 않으려고 했는데.'

잠 못 드는 밤 〈177〉

르웰린이 눈치채지만 않았어도 니케포르를 다른 곳으로 유도한 다음, 최대한 혼자 상대하려 했다.

니케포르는 렉시온보다도 경험이 많은 드래곤이니, 자신이 신의 관심을 받고 있다는 사실을 알아차릴 게 분명했으니까.

하지만 혼자 갑자기 사라지면 르웰린이 가만히 있지는 않을 것 같아서 아렌트는 계획을 수정할 수밖에 없었다.

어딘가로 끌려간다고 하더라도 자신에게는 렉시온의 마력이 부여된 상태였으니 어떻게든 해결할 수 있을 거라 여겼다.

시한폭탄 같은 마력을 품고 있는 이상, 어디로 가든 렉시온은 위치를 찾아낼 수 있었을 테고.

물론 그렇게 됐다면 손 하나 박살 난 정도로 끝나지는 않았을 테지만.

'그 망할 드래곤······. 얌전히 꺼지기나 할 것이지, 괜한 소리나 지껄여서는.'

조금 기분이 언짢아졌다.

물론 그들에게 해명할 생각은 전혀 없었다.

이 극 위에서 특별한 존재가 되는 건 라이오스로 족했다.

기사들도 당장은 눈치를 보느라 아무것도 묻지 못하는 것 같으니, 당분간 모르는 척 넘어가면 문제는 없을 듯했다.

문제는 요즘 따라 표정 연기가 능숙해진 듯한 아서였지만, 아렌트는 그냥 무시해 버리기로 했다.

'제까짓 게 뭐.'

꼴을 보아하니 이것저것 캐물을 깜냥도 없는 듯하고.

아렌트의 시선을 알아차린 아서가 아니꼽게 고개를 들었다.

"뭘 그렇게 보냐?"

"새삼 못생겨서요."

"너 진짜 죽고 싶지?"

"할 수 있으면 해 보던가."

익숙한 협박을 받아치며, 아렌트는 마지막 남은 생선 살까지 입에 쏙 넣었다.

"단장님은요?"

"떠나기 전에 왕세자 저하랑 따로 협의부터 하신대. 이후 전쟁에 네펠레 왕국이 어떤 식으로 참전할 건지. 르웰린 왕자님도 같이 회의에 들어가셨고."

아서가 투덜거리면서도 충실하게 대답해 주었다.

네펠레 왕국은 에버란 왕국이나 루카인 왕국에 비해서 칼리온 제국과의 거리가 꽤 멀었다.

게다가 알로이스와 이사벨라의 권력 구도가 뒤바뀌며 군사력 역시 상당히 약해졌다.

엘프 왕국을 정복하겠다며 야망을 품고 있던 알로이스를 따르는 이들도 적지 않았던 까닭이었다

알로이스가 지위를 박탈당하고 유배지로 쫓겨나며 그들 역시 한바탕 물갈이가 되었으니, 병력도 상당히 약해진 상태였다.

그러니 네펠레 왕국이 최전선에 나서는 것은 무리였다.

"뭐, 저하께서 대충 어떤 방향으로 전장에 참전하실지는 짐작이 가네요."

아렌트가 대강 고개를 끄덕였다.

네펠레 왕국은 엘프 왕국과도 인접한 위치니, 네펠레 왕국이 협조만 해 준다면 엘프 왕국과 칼리온 제국 및 대륙 간의 연계가 더 원활해질 것이다.

그리고 무엇보다, 이사벨라는 버려진 체르니온 교 신도들에게 관심을 보였다.

기억을 잃고 발광하는 그들을 다시금 원래대로 돌려놓고 싶은 눈치였다.

지금 당장 싸우느라 정신없는 제국에서는 그쪽을 연구할 여력은 없으니, 이사벨라가 후방에서 그 부분을 맡아 준다면 분명 도움이 될 터였다.

한낱 평범한 인간이고, 사이비의 감언이설에 속아 넘어갔다는 이유만으로 모두를 사형시킬 수도 없는 노릇이니까.

전쟁이 끝난 뒤에도, 어쨌든 이 세계는 계속해서 굴러갈 테고.

'끝이라…….'

아렌트는 포크를 내려놓았다.

무슨 수를 쓰든, 그 결말은 자신이 원하는 대로 흘러가도록 만들 작정이었다.

"너 손은 괜찮냐?"

우걱우걱 식사를 하던 아서가 문득 물었다.

"안 괜찮은데요. 그런 의미에서 제 보고서는 선배가 대신 써 주세요."

"……진심이냐?"

아서의 표정이 떨떠름하게 변하자 아렌트가 뻔뻔하게 고개를 끄덕였다.

"당연히 진심인데. 오른손 이 꼴 된 거 안 보여요? 그리고 이번에도 보고서 제대로 안 쓰면 슈타들러 백작님이 직접 황궁까지 오셔서 잡아가시겠답니다. 또 험한 꼴 당하고 싶지 않다면 처음부터 제대로 쓰시는 게 좋을걸요."

아렌트가 모두에게 들으라는 듯 살짝 목소리를 키웠다. 그러자 코를 박고 식사에 집중하던 기사들이 흠칫 몸을 떨었다.

다들 아무래도 슈타들러 백작의 연구소에서 제법 험한 꼴을 당한 모양이었다.

"괴물 놈들을 종류별로 분류해서 동맹국들 쪽에 자료로 뿌리신다니까, 호문쿨루스든 구울이든 키메라든, 본인이 상대했던 놈들은 최대한 기억해 내서 상세하게 쓰세요."

"에라이, 진짜! 한두 놈도 아닌데, 그걸 어떻게 다 기억해?"

결국 참다못한 라이더가 벌떡 자리에서 일어나 바락바락 악을 썼다. 하지만 아렌트는 그 항의를 들은 척도 하지 않았다.

"그건 다 선배가 멍청해서 그런 겁니다. 왜 기억을 못 해요? 한 번 상대한 적은 어지간하면 머릿속에 남겨 둬야지."

"망할, 너는 그럼 하나하나 다 기억해?"

"넵. 기억하는데요?"

아렌트의 대구에 라이더는 그만, 할 말을 잃어버리고 말았다. 그 앞에서 글렌이 끌끌 혀를 찼다.

"따질 놈한테 따져야지."

"……."

"게다가 저놈은 보고서 한두 장쯤 빼먹어 봤자 뭐라 안 하실걸. 슈타들러 백작님이 편애하시잖아."

그도 맞는 말이었다.

라이더는 끙 앓는 소리를 내며 테이블에 머리를 처박았다.

"진짜 재수 없는 새끼."

"말은 바로 하셔야죠. 저는 유능하니 특별 대우받는 건 당연하고, 보고서 한 장도 제대로 못 쓰는 선배가 바보인 거예요."

아렌트의 밉살맞은 대답에 라이더가 으르렁댔다.

"아서, 저 새끼 뒤통수 한 대만 좀 갈겨 봐."

"죄송한데 저도 어렵습니다. 선배님이 직접 하시는 편이 낫지 않을까요?"

하지만 아서는 딱 잘라 선을 그어 버렸다.

결국 라이더는 분통을 터뜨리고 말았다.

"이놈이고 저놈이고 요즘 애새끼들은 왜 이렇게 싸가지가 없어?"

"나이 드신 게 자랑은 아닐 텐데요. 좀 더 열린 사고방식을 가지세요. 어른답게."

아렌트가 밉살맞은 한 마디로 전쟁의 씨앗을 틔워 냈다.

"아오, 너 진짜 당장 나와. 한판 붙자!"

"할 수 있으면 해 보시던가요. 부상당한 견습 기사 하나 이겨 먹는다고 뭐가 그렇게 자랑스러울지는 모르겠지만. 지면 좀 많이 쪽팔리기는 하겠네요."

라이더의 발광을 시작으로, 결국 한두 사람씩 말싸움에 참전하며 피로감에 찌들어 있던 식당이 순식간에 소란스러워졌다.

그리고 라이오스와 회의실에 동행했다가 느지막이 식사를 해결하러 온 리히트는 이 광경을 고스란히 목격하고 말았다.

"……."

식당 입구에 선 리히트는 착잡한 눈으로 후배들을 바라보았다.

"……오늘도 기운이 넘치는군."

한탄처럼 중얼거리는 말조차도 기사들에게는 닿지 않는 것 같았다.

분명 얼마 전까지만 해도 이런 꼴은 아니었던 것 같은데.

서로 욕을 퍼부어 가며 왁자지껄 싸워 대는 꼴이, 어디 용병패도 이러지는 않을 것 같았다.

그리고 이 사태의 주범일 게 분명한 견습 기사는 티격태격대는 선배들을 뒤로한 채 유유히 자리를 벗어나고 있었다.

"하아아……."

리히트는 관자놀이를 꾹꾹 짚었다. 머리가 지끈거렸다.

예전에는 사고뭉치가 아렌트 한 명이었다면, 지금은 기사단 전체가 다 그에게 물들어 버린 것 같았다.

어쩌면 왕실 기사단의 숙소를 따로 잡은 이사벨라 왕세자가 지혜로웠을지도 몰랐다.

'이젠 어떻게 해야 할지 감도 안 잡히는군.'

결국 리히트는 꾸지람하는 것조차 포기해 버리고, 혼자

멀리 떨어진 곳에서 식사하는 것을 선택했다.
 네펠레 왕국, 레이타르 후작가에서 보낸 마지막 날이었다.

* * *

 황실 기사단이 복귀한 지 얼마 되지 않아, 네펠레 왕국은 전격적으로 전쟁에 합류할 뜻을 밝혔다.
 이사벨라 왕세자를 중점으로 전쟁 참여는 물론 엘프들과의 교역과 악신교 피해자 구제를 중점을 둔 활동을 펼치겠다 선언한 것이다.
 대충 아렌트가 예상했던 대로의 흐름이었다.
 칸타레스와 이사벨라 간의 공식 문서가 오가고, 거기에 에버란 왕국과 루카인 왕국의 친서까지 합류했다.
 그리고 칼리온 제국에 수감되어 있던 기억상실 죄수 몇몇도 연구차 네펠레 왕국에 양도하기로 하며, 이사벨라도 악신교와의 싸움에 나설 준비를 마쳤다.
 "이제 완전체가 됐다는 느낌이네요."
 칸타레스 앞에서 한가롭게 과자를 냠냠 먹으며, 아렌트가 그렇게 평했다.
 다리를 느긋하게 꼬고 상체를 소파에 기댄 방만한 자세였지만, 칸타레스는 굳이 그것을 지적하지는 않았다.
 "거기에 엘프 왕국들도 칼리온 제국과 에버란 왕국 외

의 국가에도 본격적으로 문을 열겠다 선언했으니…….
전에 없던 통합이 이뤄진 셈이지."

"이렇게 되면 일단은 내부 배신자는 당분간 걱정하지 않아도 괜찮겠네요."

아렌트가 고개를 끄덕였다.

적어도 국가 차원에서 체르니온 교에 붙는 일은 없을 테니, 나쁘지 않은 성과였다.

그런 논의가 오가는 동안, 너덜너덜해졌던 아렌트의 손도 거의 다 회복되었다.

렉시온의 치료 마법으로도 화상 흉터를 완전히 없애지는 못했지만, 당장 검을 쥐는 데 문제가 없다는 것만으로도 아렌트는 만족했다.

차를 홀짝이던 칸타레스가 문득 물었다.

"그런데 넌 왜 여기에 있냐?"

"도망쳤어요. 단장님이 또 눈 돌아가서 선배들을 훈련시키고 있거든요."

어찌 된 영문인지 자카르 역시 라이오스에게 합류해, 세일럼과 엘프 전사들까지 덩달아 험한 꼴을 당하고 있었다.

칸타레스가 질렸다는 시선을 보냈다.

"황태자의 집무실을 대피 장소로 쓰는 놈은 세상에 너밖에 없을 거다."

"대피 장소라뇨. 보고서도 가져다드릴 겸, 말동무나 해

드리는 겁니다. 감사하게 여기시죠."

 과자를 먹으며 도도하게 지껄이는 꼴이 어처구니가 없었다.

 그를 곱지 않은 눈으로 흘겨보던 칸타레스는 한숨을 푹 내쉴 뿐, 더 토를 달지는 않았다.

 "어쨌든 이사벨라 왕녀, 아니, 이제는 왕세자군. 어쨌든 왕세자가 너한테 제법 깊은 인상을 받은 것 같은데. 누가 안 그러겠냐마는."

 네펠레 왕국에서 아렌트가 벌였던 만행은 이미 칸타레스의 귀에도 들어간 뒤였다.

 "축하해. 드래곤의 원한을 사다니. 역사에 남을 일이야."

 "제까짓 게 원한 가져 봤자죠."

 아렌트가 어깨를 으쓱했다.

 "그리고 렉시온 님이 알아서 하실 건데요, 뭐. 그러라고 데려다 둔 드래곤이지."

 "드래곤끼리 황궁에서 싸움이라도 벌이면 정말 볼 만하겠군. 수도의 절반이 날아갈 거야."

 황태자의 빈정대는 말에도 아렌트는 시큰둥했다.

 "그럼 선배들보고 어떻게든 해 보라고 한 뒤에 전 멀리 튈 겁니다. 어디서 농사짓고 조용히 살죠."

 "네 성격에 조용히 산다고?"

 칸타레스가 코웃음을 치며 아렌트를 쳐다보았지만, 아

렌트는 이를 무시해 버리고 화제를 돌려 버렸다.

"모티어 백작가 지하에 있던 유적 말인데요. 일단 르웰린이 탐험가들을 움직여서 조사해 본대요. 유적 탐사에 익숙한 몇몇을 추려서 그쪽으로 보냈답니다."
"쯧. 성과는?"
"아직은 그다지. 니케포르가 완전히 쓸어버린 바람에 흔적이 거의 남지 않았대요. 그래서 조사를 계속 진행하더라도 정체를 정확히 밝히는 건 어려울 것 같답니다."
칸타레스가 순순히 어울려 주자, 아렌트가 설명을 이어갔다.
"표면상으로는 노이만 상단 정보상의 의뢰로 탐험가들을 고용한 것으로 했어요. 자금은 노이만 상단에 위탁해 둔 제 돈으로 댈 거고."
"……넌 그걸 또 나한테 청구하겠다고?"
칸타레스의 떨떠름한 물음에 아렌트가 담백하게 고개를 끄덕여 주었다.
"네. 당연하죠. 제가 받아 챙길 수수료까지 포함해서."
"……."
"세상에 공짜가 어딨어요? 늘 그렇듯 흔적 안 남게 전표로 주세요."
뻔뻔하게 손을 내미는 아렌트를 보며 칸타레스는 심란해지고 말았다.

순순히 내주기에는 너무 얄밉고, 질책하기엔 지나치게 유능한 놈이었다.

결국 칸타레스는 관자놀이를 주무르며 손을 휘휘 내저었다.

"하아……. 내일 젠한테 필요한 만큼 받아가. 준비해 둘 테니까."

"넵. 일단 파편 몇 조각을 더 찾아냈다고 하는데, 뭐라도 알아내면 보고해 드릴게요. 지금 단계에서는 대전쟁 이전의 체르니온 신전이 아닐까 추측만 하고 있을 뿐이에요."

"그나저나……. 계속 조사하는 것도 좀 위험하지 않나? 완전히 증거를 인멸하려고 드래곤이 다시 습격할지도 모르잖아."

"그래서 렉시온 님의 심부름꾼을 거기 두고 왔어요. 맞서 싸우는 거야 불가능하겠지만, 잠깐 시간 벌이하면서 사람들을 대피시킬 수는 있을 테니까요."

아렌트가 어깨를 으쓱했다.

그런 부분에서는 징그러울 정도로 철저한 그였다.

하지만 소매 아래에 슬쩍 보이는 화상 흉터 때문에라도 별로 칭찬해 줄 생각은 들지 않았다.

'이 녀석은 어째 날이 갈수록 의문만 느는군.'

아렌트에 대해 좀 알 듯도 하다 싶으면 그게 얼마나 큰 착각인지 재차 깨닫게 된다.

그렇다고 해서 대놓고 캐묻는다면 아예 선을 그어 버릴 게 분명하니, 쉽게 입을 뗄 수도 없었다.

대신 칸타레스는 아까부터 신경 쓰였던 걸 묻기로 했다.

"그나저나 너, 잠 못 잤냐?"

"네? 갑자기 왜요?"

아렌트가 미간을 살짝 찌푸리자 칸타레스가 자신의 눈을 가리켜 보였다.

"아니. 눈이 약간 충혈되어 있어서. 며칠 전에도 그런 것 같더니."

"서류를 너무 오래 들여다봤나? 노이만 상단주님께 보낼 걸 정리하느라 며칠 동안 시간을 좀 쓰긴 했는데요."

그렇게 대꾸하며 아렌트는 제 눈을 한 번 비볐다.

언제나 그렇듯 태연한 얼굴이었지만 미묘한 피로감이 묻어나고 있었다.

칸타레스가 인상을 썼다.

"도대체 뭘 얼마나 한 거야? 고작 하루 이틀로 네가 그 꼴이 될 리는 없는데."

"바쁜 건 어쩔 수 없죠. 제가 워낙 잘난 사람이니."

"……너 잘났다, 그래."

짧게 투덜거린 칸타레스가 옆으로 밀어 뒀던 서류들을 다시 끌어당겼다.

"쯧. 일해야 하니까 슬슬 가 봐. 돌아가서 눈이라도 붙이던가. 꼴 보아하니 라이오스 단장도 일부러 도망치게 내버려둔 것 같은데."

"말씀 안 하셔도 갈 겁니다. 저도 그리 한가하지만은 않은지라."

삐딱하게 대꾸한 아렌트가 남은 차를 깨끗하게 비우고는 몸을 일으켰다.

그러자 칸타레스의 못마땅한 목소리가 따라붙었다.

"눈 붙이라는 말은 어디로 흘려들었는지 모르겠군."

"제가 언제 말 잘 듣는 거 봤어요? 갑니다."

건방지게도 고개만 한 번 까닥이는 것으로 예를 다한 아렌트는 그대로 집무실에서 나가 버렸다.

뒤에서 싸가지 없는 자식, 어쩌고 하는 욕이 들려왔지만, 익숙하게 무시했다.

'곤란한데.'

복도로 걸어 나온 아렌트는 눈두덩이를 꾹 눌렀다.

한 번 자각하기 시작한 피로감이 좀처럼 떨어질 줄을 몰랐다.

만성 피로는 익숙하기도 하고, 연기로 숨기는 거야 딱히 어려운 일은 아니었다.

하지만 신체적으로 티가 나는 부분은 어쩔 수 없는 모양이었다.

'며칠째더라.'

뜬눈으로 밤을 새웠던 게.

잠깐 헤아려 보려 했지만, 그것도 이내 그만두었다. 별로 의미 없이 여겨진 탓이었다.

아렌트는 곧장 연무장으로 향했다.

라이오스와 자카르가 한바탕 쥐 잡듯 잡은 덕분인지, 눈앞에 엄청난 참상이 펼쳐졌다.

"어우……."

아렌트는 저도 모르게 질색하며 뒤로 물러섰다. 3기사단의 기사들과 엘프 전사들이 전장의 시체처럼 이곳저곳에 널브러져 있었다.

땀에 푹 젖은 자카르 역시 제법 지친 기색으로 걸터앉아 있었고, 멀쩡히 서 있는 것은 라이오스뿐이었다.

"너 이……. 배신자 새끼……."

아렌트를 발견한 아서가 간신히 고개만 들고 유언처럼 중얼거렸다.

툭, 다시 머리를 떨어뜨리는 아서를 보며 아렌트가 꺼림칙하게 대꾸했다.

"뭐어. 아무래도 그게 제 정체성이긴 합니다만."

"마침 잘 됐군. 아렌트. 너도 와라."

땀 한 방울 없는 얼굴로, 라이오스가 아렌트를 향해 손짓했다. 그러자 자카르가 어이없이 중얼거렸다.

"대단하시군요, 단장. 아직도 체력이 남아 있으십니까?"

"네펠레 왕국에서 적의 강인함을 실감했습니다. 피해

를 최소한으로 하기 위해서는 미리미리 단련해 둬야 합니다."

라이오스가 담담하게 대답했다.

그 옆에서 세일럼이 엎어진 채 웅얼거렸다.

"단장님은……. 괴물이십니까……?"

이전보다도 빛이 뚜렷해진 정령들이 세일럼의 머리통 위에서 느긋하게 날갯짓했다.

잠깐 고민하던 아렌트는 매정하게 걸음을 돌렸다.

"사양하겠습니다. 아직 부상이 덜 나은 것 같은 기분이라."

"웃기지 마라. 움직여도 문제없다고, 렉시온 님께 확인까지 마친 참이다."

"……."

아렌트는 그냥 못 들은 척하고 슬그머니 물러서다, 이내 몸을 확 돌려 빠른 걸음으로 그 자리를 벗어났다.

"야, 이 나쁜 새끼야! 이럴 때만 부상자 행세지?"

"너 이 새끼 당장 이리 안 와?!"

뒤에서 선배들의 아우성이 터져 나왔다. 하지만 아렌트는 그것도 그냥 깔끔하게 무시했다.

라이오스에게 험한 꼴을 당하는 것보다야 방으로 돌아가서 남은 서류나 검토하는 편이 나을 것 같았다.

'이쯤 되면 내가 좀 잘못한 것 같기도 하고.'

'성검의 푸른 기사'에서는 나름대로 중후한 멋이 있는

기사단이었는데, 언제부터 저런 꼴이 된 건지.

 가장 큰 원인이 자신이라는 자각 정도야 있었지만, 그래도 이쯤 되니 도가 지나쳤던 듯하다는 생각도 들었다.

 '그래도……'

 입가에 자신도 자각하지 못한 미소가 살짝 드리웠다.

 쓸데없이 비장한 것보다야 한심한 꼴이 훨씬 낫긴 했다.

 '성검의 푸른 기사'에서 명예롭게 전사했던 이들은 지금, 단장에게 실컷 얻어맞고 딱한 꼴로 연무장 바닥을 굴러다녔다.

 아마 지금쯤 망할 견습 기사를 향해 실컷 욕을 퍼붓고 있을 것이다.

 '세일럼도 제 목숨 정도야 지킬 수 있겠지.'

 정령의 상태를 보아하니 슈타들러 백작의 발명품이 제법 도움이 된 듯했다.

 그리고 라이오스와 아렌트, 렉시온의 호된 훈련 덕분에 그는 무서울 정도로 빠른 성장세를 보이고 있었다.

 다른 기사들 역시 마찬가지였다.

 '1, 2기사단도 엘프 전사들과 동반 훈련에 돌입했다고 하니까.'

 라이오스가 실패했던 '성검의 푸른 기사'보다, 칼리온 제국의 전력은 확실히 강해지고 있었다.

 '르웰린도 지난번보다 아티팩트에 훨씬 익숙해진 눈치고.'

칼리온 제국은 홀로 방어막 역할을 할 필요 없이, 동등한 입장에서 함께 적을 맞이할 동맹국을 얻었다.

속내를 감추고 있던 엘프들도 든든한 동료가 되었다.

이제 기사들과 엘프 전사들이 뒤엉켜 있는 모습을 보는 것도 흔한 일이 되었다.

그러니…….

몇 주째 잠 못 드는 밤이 이어지는 것 정도야, 아무런 문제도 아니었다.

5장. 열어서는 안 되는 화약고

열어서는 안 되는 화약고

"……그는 어떤 사람이었나요?"

보고가 끝나자마자 어둠 속에서 꽤나 다정한 질문이 돌아왔다.

니케포르가 쓰게 웃었다.

"이 늙은이가 보기 좋게 당한 것을 방금 길게 말씀드리지 않았습니까."

"그래서 여쭤본 것입니다, 니케포르 님. 이런 결과는 아무도 예상치 못했으니까요."

어둠의 장막 너머의 음성이 차분히 대답했다.

"도대체 어떤 인물이기에 로저에 뒤이어서 니케포르 님마저도 고배를 맛보시게 된 건지. 물론 진이 조잘조잘 몇 번이나 이야기하기는 했습니다만……. 아시다시피,

진은 과장이 심하고 로저는 지나치게 진지하니까요."

약간의 웃음기 담긴 목소리가 니케포르를 부드럽게 재촉했다.

"니케포르 님의 객관적인 말씀이 듣고 싶습니다. 정말로 그가 영웅만큼 위협적인 인물인지……. 아니."

잠깐 뜸을 들이던 성녀가 덧붙였다.

"이미 베첼과 빈센트, 블레이크가 그의 손에 유명을 달리했으니. 지금 와서 새삼 이런 것을 따지는 것도 우습겠군요."

빛의 검이 부활하는 것을 막으려는 시도마저도 실패로 돌아갔고, 로저는 한쪽 팔을 잃어야 했다.

그것이 루체가 선택한 영웅만의 행보가 아니라는 게 그들로서는 다소 유감스러웠다.

"위협적이라는 것은 이미 한참 전에 확실해졌으니, 이제 남은 것은 제거하는 것뿐인데……. 니케포르 님마저 그것을 실패하셨다 하니, 저는 그 까닭이 알고 싶을 뿐입니다. 그래야만 앞으로의 대처 방안도 마련할 수 있을 테니까요."

"그렇군요."

니케포르가 씁쓸하게 미소 지었다.

신도들을 고스란히 빼앗긴 데에 니케포르는 답지 않게도 분노하고 말았다.

니케포르는 억지로 화를 가라앉히며 그 견습 기사의 존

재에 대해서 아주 오랫동안 고민했다.

그러나 그를 쉽사리 정의 내리기란 어려웠다.

라이오스 드 윈프리드는 분명 순리에 따라 태어난 영웅이었다.

하지만 그는……

"……이질적인 존재입니다. 그래서 체르니온 님마저도 관심을 두고 계신 것 같습니다."

"그렇습니까?"

어둠 너머에서 의외라는 목소리가 돌아왔다.

"까닭은 저 역시 모르겠습니다. 하지만 렉시온은 영웅이 아니라 그 견습 소년을 따르는 눈치였습니다."

니케포르는 팔짱을 끼고 고개를 비스듬히 기울였다.

"……모든 이가 그에게 휩쓸렸다면 믿으시겠습니까?"

"휩쓸린다는 말씀은?"

"현장의 주도권을 가진 게 바로 그였습니다. 심지어는 영웅마저도 그가……."

니케포르의 눈이 아래로 내리깔렸다.

"아닙니다. 이건 너무 과한 생각이군요. 좀 더 확실해지면 말씀드리겠습니다."

"기다리겠습니다. 전 언제나 니케포르 님의 안목을 믿으니까요."

잠깐의 뜸 뒤, 고민에 빠진 듯한 성녀의 목소리가 돌아왔다.

"빛의 은총을 받았는데 체르니온 님마저도 관심을 기울이신다니. 심지어 그는 빛의 신께 기도조차 올리지 않는다고 들었습니다만. 은총을 받아 깨어난 직후, 대신전의 신상을 파손한 것도 그였지요."

그 사건은 체르니온 교단에서도 주목할 수밖에 없었다.

빛의 축복으로 목숨을 건진 이가 그에게 고스란히 증오를 표출했다는 건 보통 일이 아니었으니까.

잠깐 생각하던 성녀가 다시 입을 열었다.

"그렇다면 신의 의사에 반하고 있다는 뜻일 텐데. 게다가 니케포르 님이 이질적이라 말씀하신 것은, 순리를 거스르는 존재라는 말씀이신가요?"

"순리라······."

그녀의 말을 따라 읊조리던 니케포르가 대답했다.

"신의 뜻이 곧 순리라면 그렇겠지요. 한낱 피조물인 제가 그분들의 뜻을 전부 알 수는 없습니다만."

"뭔가 걸리시는 거라도?"

그의 음성에서 심상찮음을 읽어낸 성녀가 조용히 물었다.

니케포르는 잠깐 입을 다물고 있었다. 잠시 후, 그가 다시 운을 뗐다.

"아니요. 별다른 것은 아닙니다. 하지만 반드시 배제해야 할 변수라는 것만큼은 확언 드릴 수 있겠군요. 로저나

진의 말은 과장이 아닙니다."

 감히 드래곤 앞에서 오만하게 미소 짓던 얼굴이 떠올랐다.

 좀처럼 앞에 나서는 법이 없는 렉시온을 세상 밖으로 끌어낸 게 바로 그 낯짝일 테지.

 니케포르가 천천히 말을 이었다.

 "체르니온 님께서 지배하실 이 세상에, 어둠 이외의 것은 필요 없습니다."

 "……그렇군요. 잘 알았습니다."

 잠시 침묵하던 성녀가 선선히 대답했다.

 "곤란하군요. 함부로 죽여서도 안 되는 인물이라니."

 "가능하다면 회유해 보고 싶었습니다만……."

 니케포르가 짐짓 가벼운 어조로 대답했다.

 "아무래도 그것 역시 힘들 것 같습니다. 듣던 대로 성격이 보통이 아니더군요. 앞으로도 기회가 있다면 시도해 보겠습니다."

 "쉽지 않다니, 유감인걸요. 하지만 체르니온 님의 품은 언제나 열려 있으니……. 그가 준비만 된다면 언제든. 그간의 죄는 봉사로 충분히 갚을 수 있을 테니까요."

 어둠 속에서 차분한 답이 돌아왔다.

 "하지만 그게 어렵다면 망설일 필요는 없지 않을까요. 살해하지 않고도 배제할 수 있는 방법은 수없이 많으니까요. 만일 신께서 분노하신다면, 그 죄는 제가 달게 받겠습니다."

"아닙니다, 성녀님. 업은 이 늙은이가 지고 가야 할 문제입니다."

니케포르가 작게 웃음을 터뜨렸다.

"이리스 님께는 그저 영광만이 함께하길 바랍니다."

어둠 너머를 응시하는 니케포르의 초록색 눈동자에 부드러운 애정이 가득 드리웠다.

* * *

"……어째 귀가 가렵네."

한참 동안 서류를 들여다보던 아렌트가 문득 인상을 찌푸렸다.

"누가 내 이야기라도 하나?"

"네 흉볼 사람이라도 있어?"

맞은편에 앉아 있던 르웰린이 농담처럼 말하자 아렌트가 아무렇지도 않게 대꾸했다.

"글쎄. 너무 많아서 오히려 잘 모르겠는데."

그 뻔뻔함에 오히려 어처구니가 없어진 르웰린이 타박을 놓았다.

"자랑이냐?"

"원래 잘난 사람은 적이 많은 법이라."

"……."

르웰린은 그냥 입을 다물기로 했다. 괜히 말을 섞어 봤자 속만 터질 뿐일 테니까. 아렌트 역시 이 농담 따먹기를 길게 이어 갈 생각은 없는지 곧장 화제를 돌렸다.

"그래서, 소득이 있다고?"

"아직 전부 다 확인은 못 했는데, 어느 정도 유의미한 결과는 나온 것 같아."

불만스럽게 팔짱을 낀 르웰린이 소파 등받이에 등을 툭 기댔다.

"조만간 탐험가들이 보고서로 작성해서 노이만 상단 쪽에 전달할 거야. 그래도 우선 너한테 먼저 알려 주려고 이 몸이 직접 온 거 아니겠어. 그러니까 고맙게 여겨."

"활동비는 넉넉하게 쥐여 줬을 텐데. 돈 주고 시킨 일에 내가 굳이 감사해야 하나?"

기껏 생색을 내 봤지만, 아렌트는 읽던 서류에서 눈조차 떼지 않은 채 시큰둥하게 대꾸할 뿐이었다.

르웰린은 그를 곱지 않은 눈으로 흘겨보았다.

"하여튼 재수 없는 놈. 어쨌든 넘겨받은 자료대로 사람을 파견했어. 그리고 오늘 아침 막 연락이 왔는데."

그제야 아렌트가 시선을 들고 그에게 관심을 주었다.

"어땠는데?"

"모티어 백작가 지하에서 발견된 거랑 비슷한 걸 찾았어."

르웰린이 불퉁하게 대꾸하자 아렌트의 눈에 이채가 돌

았다.

"호오. 그렇단 말이지."

돌아오자마자 아서에게 보고서를 떠맡긴 아렌트는 곧장 여러 가지 일에 매달렸다.

덕분에 아렌트 몫의 보고서까지 쓰게 된 아서가 욕을 퍼부었다는 건 두말 할 필요도 없었고.

그동안 공들인 일 중 하나에서 드디어 결과가 나온 것이다.

아렌트가 명령조로 말했다.

"자세히 말해 봐."

아렌트는 노이만 상단 정보상을 통해서 최근 1년 사이에 의문의 파괴나 붕괴 사건이 있었던 곳을 추려냈다.

그리고 그 중 자연재해나 인재 사고, 범인이 밝혀진 사건 등 인과관계가 뚜렷한 지점을 제외한 현장에 르웰린의 탐험가들을 파견 보냈다.

"지금까지 일곱 장소를 확인했는데, 여섯 군데는 자연 침식이나 지진 때문에 붕괴된 걸로 결론 내렸어."

르웰린이 가볍게 고개를 끄덕이며 말을 이었다.

"그리고 남은 한 곳……. 칼리온 제국에서 우리 왕국으로 가는 산 중턱의 작은 도시 폐허. 파편을 발견한 건 여기야."

그곳은 버려진 지 아주 오래된 도시였다.

상행을 오가던 상인들이 우연히 발견한 곳으로, 오가는

상인들은 그저 노후 때문에 지면이 무너진 거라 여겼던 자리였다.

"광장을 중심으로 무너져 내렸다던데, 자세히 살피니까 위에서 엄청 거대한 망치로 몇 번 내리쳐서 일부러 파괴한 것 같은 모양새였다고 하더라. 평범한 인간의 힘으로는 불가능하지. 부하 녀석들도 도대체 무슨 일이 있었던 거냐면서 난리 법석이야."

영지가 통째로 날아간 자리를 발견한 것보다야 덜했을 테지만, 평범한 인간의 시선으로는 그것도 엄청난 충격이었다.

"어쨌든 비상식적인 힘이 개입했다는 건 확실해졌지. 그래서 좀 더 자세히 조사하라고 했어."

르웰린이 아렌트의 흉내를 내며 어깨를 으쓱했다.

"마찬가지로 거의 다 날아간 통에 쉽지는 않았지만, 잔해 몇 개는 찾아냈어. 아무래도 신전이었던 것 같아. 신상 조각처럼 보이는 걸 발견했거든."

"신상 조각이라……."

들고 있던 서류를 툭 던진 아렌트가 턱을 괴고 생각에 잠겼다.

"거기는 무너진 지 얼마나 됐는데?"

"최소한 1년. 몇 달 전에 처음 발견했을 때도 이미 무너진 상태였다면서."

"흐음."

아렌트가 애매하게 고개를 기울이며 중얼거렸다.

"그렇다면 거길 파괴한 건 니케포르가 아닌가?"

"그렇겠지. 악신교의 다른 인물이 정리한 거 아닐까? 내 생각에, 이런 곳이 한두 군데는 아닐 것 같거든."

르웰린 역시 진지하게 대답했다.

"앞으로 더 조사해 봐야 알겠지만, 비슷한 게 몇 개는 더 발견될 것 같은 느낌이야. 악신교 놈들이 예전부터 찾아내는 족족 하나씩 파괴하던 차였고, 모티어 백작가가 마지막이었던 거 아닐까?"

아렌트에게 답을 내어 준 르웰린이 한 가지 가설을 제시했다.

"대전쟁 당시에 체르니온 교단이 사용했던 기지였던 거 아냐?"

"하지만 악신교가 패한 뒤에 그 흔적은 완전히 말살됐잖아. 그게 아직까지도 남아 있다는 건 이상하지. 그리고 지금껏 남겨 뒀던 걸 악신교 측에서 이제 와서 갑자기 파괴한다는 것도 부자연스럽고."

하지만 그것은 간단히 부정당해 버렸다. 아렌트는 살짝 인상을 찌푸리며 중얼거렸다.

"……거기에 체르니온 신에게 불리한 증거라도 있는 건가. 그러면 전쟁 이전 시대의 잔해인가?"

"체르니온 신이 어둠의 신이랬던가. 네 말대로라면 악신이 된 이유랑 관련이 있는 거 아냐?"

덩달아 눈썹을 휜 르웰린이 다른 가능성을 제시했다.

"이건 어때? 악신으로 핍박받고 세상에서 퇴출당하게 된 까닭의 증거가 남은 장소였던 거지. 과거에는 다른 신들과 비슷한 위치의 신이었다면서."

"다른 신들과 비슷한 게 아니라, 루체 신과 거의 동등한 존재일 거야."

아렌트가 담백하게 대답했다.

그 말에 르웰린이 꺼림칙한 표정을 지었다.

"동등한 존재라니……. 아니, 그건 일단 둘째치고, 왜 현재형이야?"

"전에도 말했잖아. 전쟁에서 패한 건 신이 아니라 신도들이라고. 물론 신도가 줄어들면서 영향을 크게 받긴 했겠지만. 의인화된 두 신의 모습이 쌍둥이처럼 닮은 것도 우연은 아니겠지."

거기까지 생각이 미친 아렌트가 문득 인상을 찌푸리며 입을 다물었다.

"……잠깐만."

갑자기 방이 조용해지자 르웰린이 저도 모르게 긴장했다.

"뭐야, 왜 그래?"

"어쩌면 이게 단서가 될지도 모르겠다는 생각에. 과거에 두 신이 동등했던 시절이 있다면……."

눈동자를 내리깐 아렌트가 답을 내어 주었다.

"적들 입장에서도 별로 달갑지 않은 사실 아닌가? 방금 네가 질색했듯이."

"……뭐어, 그것도 틀린 말은 아냐."

살짝 얼굴을 굳혔던 르웰린이 천천히 고개를 끄덕였다.

"놈들은 지금 루체 신을 끌어내리고 싶어 하는 거니까. 완벽히 세상을 지배하기 위해서라면……. 루체 신이랑 체르니온 신이 동등한 존재였다는 사실조차도 알려지길 원치 않겠지."

"뭐, 단지 가능성 중 하나일 뿐이지만."

아렌트가 건성으로 손을 휘휘 내저었다.

"지금까지 나온 단서들로 추론해 보자면 그렇게도 가능하다는 것 정도지. 확신하지는 말고 염두에만 두라고."

"너 그거 아냐? 네가 그런 식으로 말할 때마다 그냥 추측 정도로 끝난 적은 단 한 번도 없어."

그를 곱지 않은 눈으로 흘겨본 르웰린이 화제를 돌렸다.

"렉시온 님한테 뭔가 듣기라도 한 거야? 두 신이 동급이었다는 이야기를 그렇게 확신을 담아서 하다니."

"뭐, 이것저것 주워듣긴 했지. 양측 신이 대립하지 않았던 시대가 존재했다는 건 사실이야. 그 부분은 렉시온 님한테서 확인했어."

"왜 그렇게 아무렇지도 않게 말하는데?"

시큰둥한 대답에 르웰린이 곧장 타박을 놓았다. 하지만 그런다고 아랑곳할 아렌트가 아니었다.

"있었던 역사를 입에 담는 건데, 뭐 문제라도? 신성모독이니 뭐니 지껄일 생각이면 관둬. 너도 알다시피 나는 신이라는 작자들한테 아주 유감이 많은 사람이라."

"……그래. 너 잘났다."

결국 따지는 것조차도 포기한 르웰린은 소파에 몸을 던지듯 툭 기댔다.

"그러니까……. 네가 말한 그 시대라는 건 대전쟁 이전을 말하는 거지?"

"뭐. 그렇지."

아렌트에게서 단답이 돌아왔.

뭐 하나 시원스레 말해 주지 않는 태도에 답답해진 르웰린이 다시 캐물었다.

"평화롭게 지내던 시기가 있었는데, 체르니온이 악신으로 타락하면서 전쟁이 벌어졌다는 거야?"

"글쎄. 그것도 확실하지 않지. 선공을 누가 날렸는지는 지금 와서 알 수 없는 노릇이니까."

무심한 어조였지만 그냥 흘려들을 수 없는 의미심장한 말이었다. 잠깐 할 말을 잃어버렸던 르웰린이 퍼뜩 정신을 차렸다.

"아니, 잠깐만. 그건 또 무슨 뜻인데?"

"이긴 쪽이 늘 선량하리라는 법은 없거든. 그렇다고 해서 진 쪽이 늘 피해자라는 것도 말도 안 되는 일이지만."

"……."

르웰린은 다시 입을 다물고 말았다.

세상사에서는 지극히 옳은 말이었지만, 그것을 신에게도 똑같이 대입해 버리는 아렌트의 태도에는 좀처럼 익숙해지기 어려웠다.

하지만 그 말을 단지 건방진 신성모독이라며 흘려들을 수 없는 이유는, 발화자가 아렌트인 까닭이었다.

'저놈은 왜 저렇게까지 한결같은지.'

르웰린의 표정이 다소 떨떠름해졌다.

신의 은총을 받아 목숨을 건졌다는 주제에, 아렌트가 신을 향해 보이는 불손함은 여전히 변함없었다.

아니, 어쩌면 사경을 헤매다 회복한 뒤부터 좀 더 심해진 것 같기도 했다.

'평범한 사람이라면 회개하고 신전으로 달려가서 감사기도를 올려도 모자랄 판인데.'

뭔가 속사정이 있다는 것만은 확실했다. 워낙 의뭉스러운 녀석이니, 묻는다고 해서 쉽게 대답해 주지도 않을 테지만.

속으로 혀를 쯧 찬 르웰린이 고개를 끄덕였다.

"……일단은 알았어. 그 점도 염두에 두고 조사할게. 그나저나 일이 점점 더 엄청나지는데. 대전쟁 시대의 유물도 찾아내기 어려운 판에, 그 이전의 흔적이라."

호기심 왕성한 탐험가들이 들으면 눈이 뒤집어질 만한 이야기였다.

르웰린 역시 신과는 별개로 탐험가로서의 강한 유혹을 느끼고 있었으니까. 하지만…….

"솔직히 말해서, 열어선 안 되는 화약고를 건드리는 기분이야. 잘못 만졌다가는 펑 터질 것 같아."

잠깐 망설이던 르웰린이 꺼림칙하게 중얼거리자 아렌트가 턱을 괴며 퉁하니 대꾸했다.

"이왕 발견한 거니까 터뜨려 버리는 게 오히려 재밌지 않나?"

"……지금 그게 할 소리냐?"

아렌트는 늘 그랬듯 아랑곳하지 않았다.

"내가 몇 번이나 말했을 텐데. 쓸데없이 진지해지면 지는 거라고. 답지 않게 뭘 망설여? 빈틈이 안 보여서 곤란하다면, 일부러 아수라장이라도 만들어야지. 그래야 뭐라도 건질 게 생기는 거야."

"진짜 저 성질머리……."

르웰린이 그에게 노골적으로 질렸다는 시선을 보냈다.

"아까도 말했지만, 아무렇지도 않게 그런 말을 지껄이는 네가 이상한 거야. 그리고 누가 망설였대? 원래 모험에 나서기 전에는 그만한 각오가 필요한 법이라고."

"감당하기 힘들다 싶으면 발 빼."

아렌트가 어깨를 으쓱였다.

"괜히 나대다가 상황만 악화시키는 것보다는 그게 훨씬 나을 테니까."

"됐거든. 누가 발 뺀대? 나 아니면 이런 일을 누가 한다고."

사납게 쏘아붙인 르웰린은 더 따지는 것도 포기하고는 한숨을 푹 내쉬었다. 열을 내는 자신이 바보같이 느껴진 탓이었다.

"어쨌든, 그 지하 구조물의 정체는 좀 더 파 볼게. 부하한테는 대충 전쟁 당시의 유적 정도로 둘러댔으니까 걱정하지 말고. 황태자 전하께 올릴 보고는……."

"내가 정리해서 전달해 드릴 테니까, 너는 분석 작업에나 집중해. 지금도 탐험가들한테서 수시로 보고가 올라오고 있을 거 아냐. 쓸 만한 것만 추려서 바로 나한테 알려 줘. 뭔가 짚이는 부분이 있으면 그것도 알려 주고."

아렌트가 그의 말허리를 잘라 버렸다. 그러자 르웰린이 눈썹을 찌푸렸다.

"뭐어, 그렇긴 한데. 너 안 바쁘냐? 이것 말고도 하는 일 많잖아."

"어쩌겠어, 내가 잘난 탓인걸."

"에휴. 그렇게 말할 줄 알았지."

짜증스레 불평한 르웰린이 자리에서 일어났다.

"노이만 상단 쪽으로는 탐험가 연합 이름으로 정보를 보낼 거니까 참고해 둬. 그리고 칸 연합 쪽으로도 같은 정보가 갈 거야."

"알았어."

"아무리 바빠도 잠은 자면서 해라."

마지막으로 퉁명스러운 핀잔까지 빼놓지 않은 르웰린이 방에서 나갔다.

쿵.

문이 닫힌 뒤, 아렌트는 뻑뻑해진 눈두덩이를 손으로 꾹 눌렀다.

"열어서는 안 되는 화약고라……."

웃음기가 싹 빠진 아렌트의 입에서 혼잣말이 흘러나왔다.

자유분방한 르웰린마저도 그런 말을 입에 담을 정도로 조심스러워질 수밖에 없는 사안이라는 건 확실했다.

'당연한 일이지.'

루체 신이 절대적인 선이라고 정립된 세계에서 평생을 살아왔으니까. 그럼에도 자신의 말을 아무렇지도 않은 척 받아 넘겨주는 게 오히려 대단했다.

'정보를 자연스럽게 풀어낼 방법도 생각해야겠는데.'

화약고를 터뜨려서 아수라장을 만드는 건 환영할 일이었지만, 공들여 준비하지 않으면 오히려 아군이 후폭풍을 맞을 것이다.

모든 경우의 수를 대비하고 정확한 타이밍을 노려, 너무 약하지도 강하지도 않은 규모로 폭발시켜야 했다.

그래야만 그 화약고를 대본의 흐름을 돕는 특수 효과로써 활용할 수 있을 테니까.

'약간이라도 오차가 발생하는 순간부터는 대형 사고지.'

조금이라도 실수하는 순간 돌이킬 수 없게 될 것이다.

"골치 아파 죽겠네, 진짜."

복잡해진 머리를 정리하려 크게 기지개를 켰다. 하지만 뻣뻣한 몸은 영 개운해질 기미가 보이지 않았다.

소파에 등을 쭉 기대자 이제는 퍽 익숙해진 생활관의 천장이 보였다.

'라이오스 단장은……'

자연스럽게 상념이 찾아들었다.

그때, 루체 신과 어떤 대화를 했을까. 자신이 마지막으로 본 것은 루체를 향해 원망을 퍼붓는 라이오스였다.

그러나 결과적으로 라이오스는 성검을 얻었고 자신은 무사히 생환했다.

'세상을 구하기 위해 기꺼이 영웅의 자리를 받아 든 건가. 아니면 교활한 신이 또 다른 모종의 거래를 내밀었나?'

어찌 됐든 라이오스와 칼리온 제국이 루체 신의 손바닥 위에 있다는 것만은 확실했다.

르웰린은 모를 테지. 자신이 말한 그 화약고가 자칫했다가는 이 세상 전체를 날려 버릴 정도로 거대하다는 것을.

아렌트는 때가 된다면 기꺼이 그 화약고에 불씨를 당길 생각이었다.

무대를 좌지우지하려는 신들의 손목을 부러뜨리고 최고신을 자처하는 오만한 괴물을 참수해 버리기 위해서.

어쩌면 그 순간 자신의 앞을 막아서는 것은 체르니온 교가 아니라 라이오스 단장과 3기사단일지도 몰랐다.

그때야말로 배신자 아렌트로서 역할을 제대로 수행하게 되겠지.

"……재밌는 각본이네, 그것도."

자연스럽게 흘러나온 혼잣말과는 달리, 아렌트의 입가에 미소는 전혀 보이지 않았다.

"……."

몸을 늘어뜨린 뒤 눈을 느릿느릿 깜빡이고 있자니 졸음이 슬금슬금 몰려왔다.

한동안 밤에 제대로 자지 못한 탓이었다.

'잠깐 쉴까.'

소파에 기대앉은 채 아렌트는 눈을 감았다.

몇 번 달싹이던 눈꺼풀이 완전히 닫히고 방에 정적이 찾아들었다. 무릎 위에 대충 올려놓은 손에서 힘이 빠지고, 몸이 천천히 이완되며 고른 숨소리가 새어 나왔다.

그대로 의식까지 완전히 수면 아래로 가라앉으려던 찰나.

심연으로 빨려 들어가는 것 같은 섬뜩한 감각이 덮쳐

왔다.

"……!"

흠칫 떨며 눈을 뜬 아렌트는 곧 엉거주춤한 자세로 서 있던 아서와 시선을 마주쳤다.

아서가 얼떨떨하게 물었다.

"뭐, 뭐야. 왜 그렇게 놀라? 자는 거 아니었어?"

"……."

아렌트는 당장 대꾸하지 못하고 눈만 몇 차례 깜빡였다.

심장이 그의 의사와는 상관없이 빠르게 쿵쾅대고 있었다.

"언제 들어왔어요?"

"아니, 방금……. 그냥 불만 끄고 나가려고 했는데."

아서에게서 머쓱한 대답이 돌아왔다.

잠깐 조는 사이에 30분 정도가 지난 것 같았다.

아직 해가 완전히 질 시간은 아니었지만, 방은 아까보다 조금 어두워져 있었다.

혹여나 그를 깨울세라 살금살금 움직인 아서가 방금 책상 위의 램프를 끈 탓이었다.

천천히 주먹을 한 번 쥐었다가 편 아렌트가 이내 짜증스레 쯧 혀를 찼다.

호흡을 가라앉히는 데는 그 정도 움직임이면 족했다.

"누가 선배처럼 둔해 빠진 사람인 줄 알아요? 자다가

기척이 느껴지면 당연히 놀라지."

 잠시 후, 자연스레 '아렌트'다운 대사가 흘러나왔다.

 "선배는 왜 남의 방에서 그러고 있어요?"

 "저녁 식사 시간 됐는데 안 나타나서 와 봤다, 어쩔래? 모처럼 눈 붙이고 있기에 불만 꺼 주고 나가려고 했더니. 하여간 예민한 자식."

 타박이 날아들자 괜히 민망해진 아서가 불퉁하게 대꾸했다.

 "눈 떴으면 식사나 하러 가자. 밥 먹고 제대로 누워서 자, 이 자식아. 도대체 며칠 밤을 새운 거야? 보고서 대신 써 준 보람도 없이."

 "한가한 선배랑은 달리, 전 이래저래 할 일이 많은 사람이거든요."

 아무렇지도 않게 대꾸한 아렌트가 미련 없이 자리에서 몸을 일으켰다.

 그리고는 마치 푹 자고 일어난 사람처럼 나른하게 하품을 한 차례 하고는 기지개를 쭉 켰다.

 "밥이나 먹으러 가죠. 식사하고 나서 연무장 가서 몸이나 좀 풀어야겠어요. 하루 종일 종이 조각이나 붙잡고 있으려니 머리 아파 죽겠네."

 "눈 좀 붙였으면 그러던가. 안 그래도 세일럼 님이 너 기다리시더라. 오늘 렉시온 님한테 새로운 걸 배우셨다면서, 너한테 보여 줘야 한다던데?"

"하여간 그 꼬맹이, 사람 귀찮게 한다니까."

성가시다는 듯 투덜거린 아렌트가 셔츠 위에 제복 외투를 걸친 뒤 약간 흐트러진 머리칼을 다시 정리해 묶었다.

머리끈을 쥔 손끝이 차갑게 식어 있었다.

희게 질린 뒷목에도 축축하게 식은땀이 배어 나오고 있었지만, 아렌트는 그냥 무시해 버렸다.

"가요. 배고프네."

별것도 아닌 것 때문에 연기하는 데에 발목 잡힐 생각은 추호도 없었다.

* * *

그 뒤로도 별다를 것 없는 날들이 이어졌다.

아렌트는 많은 일거리에 치이는 와중에도 주변 사람들의 속을 끊임없이 긁어대며 그게 삶의 보람이라도 되는 것처럼 굴었다.

놀리는 족족 도발에 넘어간 이들이 발광해대는 것도 그대로였다.

하지만 미세한 변화는 불시에 존재감을 드러냈다.

바로 지금처럼.

"아."

아렌트의 짧은 탄성에 뒤이어, 챙그랑! 그가 쥐고 있던 검이 바닥을 뒹굴었다.

아렌트와 대련하던 리히트가 눈썹을 휘었다.

"네가 대련 중에 검을 놓치다니, 별일이군."

"……쯧."

몇 걸음 뒤로 날아간 훈련용 목검을 본 아렌트가 짜증스레 혀를 찼다.

"글렌 선배 흉내라도 내보려고 했는데. 아무래도 저랑은 별로 안 맞는 방식인 모양이네요."

"함부로 남을 따라 하는 건 바람직하지 못하다고, 전에 단장님이 말씀하시지 않았나? 오히려 더 위험해질 수 있다. 방금처럼."

"네, 네. 알겠다고요. 하여간 잔소리는."

툴툴거리며 검을 주워드는 아렌트를 보며 리히트가 얼굴을 조금 굳혔다.

"손에 힘이 없는 것 같은데. 피로가 쌓인 건 아닌가? 어젯밤에도 늦게까지 네 방에 불이 켜져 있는 걸 봤다만."

"이래저래 할 일이 많아서요."

몸을 바로 세운 아렌트가 목검을 어깨에 척 걸쳤다.

"전 이만하고 가 보겠습니다. 슬슬 황태자 전하와 약속한 시간이라."

"그래. 고생했다."

리히트가 기껏 건넨 인사에도 아렌트는 대꾸하는 대신 쌩하니 몸을 돌려 버렸다.

리히트는 개운치 않은 얼굴로 멀어지는 뒷모습을 눈으로 좇았다.

'글렌을 흉내 내려고 했다고?'

아렌트는 다른 선배들의 움직임을 쉽게 따라 하고, 더 나아가 대련과 실전 전투에서도 곧잘 잘 활용하는 편이니 딱히 이상한 일은 아니었다.

'하지만 방금 움직임은 딱히 그런 것도 아닌 듯한데.'

괜히 기분이 찜찜해진 리히트가 방금까지 아렌트와 맞부딪혔던 제 검을 내려다보았다.

언제나 그랬듯 아렌트의 움직임에 군더더기라고는 전혀 찾아볼 수 없었다.

하지만 기분 탓인지, 어쩐지 평소와는 조금 다르게 느껴졌다.

아렌트가 연무장에서 떠난 뒤, 한구석에 있던 라이더가 문득 운을 뗐다.

"선배님, 어제도 저 녀석이 철야하는 걸 보셨다고 하셨습니까?"

뜬금없는 물음에도 리히트가 선선히 고개를 끄덕여 주었다.

"어어. 야간 근무하고 복귀하는 길에 우연히."

"이틀 전 야간이 저였는데 말입니다……. 저도 봤거든요."

라이더가 개운치 못한 얼굴로 말하자 리히트가 의아하게 물었다.

"뭘 봤다는 거지?"

"새벽쯤에 복귀했는데, 아렌트가 혼자 로비에서 책을 읽고 있더라고요. 안 그래도 새하얀 놈이 그러고 있으니까 깜짝 놀랐습니다. 귀신처럼 보여서."

라이더의 대답에 리히트의 눈썹이 찌푸려졌다.

"이틀 전에도 그랬다고? 그 전날 야간 근무가 아서랑 아렌트였는데?"

"예? 그랬습니까?"

이번에는 한쪽에서 물구나무를 선 채 버티던 다른 기사가 끼어들었다.

"나흘 전에는 해 뜨기도 전부터 연무장에 나와 있는 걸 봤습니다만……. 저도 동틀 무렵에 나왔는데, 그때 아렌트는 이미 기초 체력 훈련을 끝내고 생활관으로 돌아가는 길이더군요."

"그 전날에는 아서가 아렌트한테 잔소리하는 걸 봤습니다. 밤 좀 그만 새라고."

한두 사람씩 말을 얹을수록 연무장에 있던 기사들의 표정이 미묘해졌다.

아무래도 뭔가가 단단히 잘못되어 가고 있는 것 같았다.

* * *

기껏 시간 맞춰 찾아갔지만 정작 칸타레스는 부재중이

었다. 그를 대신 맞이한 제레온이 미안한 기색으로 입을 열었다.

"죄송합니다, 아렌트 경. 전하께서 갑자기 다른 일이 생기셔서요. 잠깐 다과를 들면서 기다리시면 금방 오실 겁니다."

"바쁜 사람 불러 놓고 뭐 하는 짓이래요, 그 사람은."

불만스레 대답하면서도 아렌트는 휘황찬란한 소파에 털썩 주저앉았다.

곧 간식거리를 내어 준 제레온은 다시 자신의 업무를 처리하러 자리를 떴다.

혼자 남은 아렌트는 소파에 기대앉아 천천히 어깨에 힘을 풀었다.

쌓인 피로를 잠시나마 풀기 위한 행동이었지만, 수면 부족으로 인한 편두통은 좀처럼 사라질 줄을 몰랐다.

'진짜 곤란한데.'

자꾸만 집중력이 흐트러진다는 점이 제일 문제였다.

아까 검이 튕겨 나간 순간 리히트가 지은 당혹스럽다는 표정이 아직도 눈에 선했다.

그저 머릿속이 복잡해 며칠 잠을 이루지 못한 게 시작이었다.

'이러다 말겠지 했더니.'

하지만 상황은 좀 더 나빠졌다.

소파에서 잠깐 졸았다가 이상한 감각에 휩싸여 깨어났

던 그 날부터 계속 비슷한 현상이 반복되고 있었다.

 이상한 압박감에 숨조차 제대로 쉬지 못하다가 가까스로 눈을 뜰 때도 있었다.

 '평범한 가위눌림은…… 당연히 아니겠지.'

 머리가 지끈거려 아렌트는 눈살을 살짝 찌푸렸다.

 전에는 그래도 쪽잠이라도 자며 체력을 비축했다면 최근은 정말로 잠깐씩 조는 것이 최선이었다.

 잠들었다 하면 높은 확률로 소스라치게 놀라며 깨기 일쑤였으니까.

 처음에는 억지로라도 잠을 청해 보려 했지만, 놀라며 깨자마자 아서와 마주쳤던 일을 떠올리고는 그것도 그만두었다.

 '같이 지내는 놈들한테 그 꼴을 보일 수도 없는 노릇이고.'

 그렇지 않아도 주변에 있는 이들은 모두 감각이 예민하고 눈치가 빠른 이들이었다.

 벌써부터 몇몇은 이미 낌새를 차린 눈치였다. 여기에서 더 부자연스러운 행동을 비추는 것도 내키지 않았다.

 자신은 연기 중이었으니까.

 '아무래도 원인을 찾아야 할 것 같은데.'

 렉시온도 몇 번 연무장에서 마주쳤지만, 아무런 말도 하지 않는 것을 보아하니 마법이나 저주 종류에 당한 것은 아니었다.

렉시온은 그저 인상을 찌푸리며 딱 한 마디 했을 뿐이었다.

"평소보다 더 기분 나쁜 면상이군."

……이라고.

그 뒤 렉시온이 수면 마법을 걸어 주겠다고 제안하기도 했지만 거절했다. 아무래도 썩 내키지 않았던 탓이었다.

'그냥 버티고 말지.'

잠깐 눈을 감고 있자니 달칵, 문이 열리는 소리가 들렸다.

그리고는 뒤이어 황당하다는 한마디가 들려왔다.

"……잘하는 짓이다. 이젠 감히 황태자의 집무실에서 졸기까지 해?"

칸타레스였다.

아렌트는 눈도 뜨지 않고 대답했다.

"공사다망한 사람이라 그런 겁니다. 사람 불러 놓고 지각한 전하께서 잘못하신 거죠."

"갑자기 급한 연락이 들어와서 어쩔 수 없었어. 과자라도 집어 먹고 있겠거니 했는데 손도 안 댔군."

불만스레 대답한 칸타레스가 가장 상석에 앉았다. 그제야 아렌트도 눈을 뜨고 기댔던 허리를 바로 세웠다.

그를 물끄러미 지켜보던 칸타레스가 의아하게 물었다.

"피곤해 보이는걸. 요즘 내 쪽으로 쏟아지는 보고서 양도 심상치 않던데. 그거 대부분 네가 손댄 것 아냐?"

"뭐어, 그렇죠. 아무래도 이것저것 한꺼번에 알아보고 있다 보니."

어깨를 한 번 빙글빙글 돌리며 몸을 푼 아렌트는 곧 아무렇지도 않은 얼굴로 황태자를 마주 보았다.

"갑자기 어쩐 일로 자리를 비우셨어요? 어지간하면 그럴 일은 잘 없으시더니."

평소와 마찬가지로 무심하면서도 또렷한 눈동자를 확인한 칸타레스도 더 묻지 않았다.

"오늘 아침, 루카인 왕국 쪽에서 서신을 보내와서. 군사 방비 체계를 다소 손 볼 예정이니, 갑자기 병력이 움직여도 놀라지 말라더군. 그래서 확인하고 오는 길이다."

"아아."

아렌트가 대강 고개를 끄덕였다.

아무래도 그쪽 역시 앞으로 이어질 싸움을 단단히 대비하고 있는 듯했다.

"그쪽 책임자는 루카인 제국의 빅토르 왕세자 저하이십니까? 지난번 회담도 저하께서 진행하셨고."

"그렇지. 그리고 국왕 전하의 혈육이자 왕세자의 숙부인 미들턴 공작이 나설 생각인 모양이더군. 지금까지 루카인 왕국의 국경을 지키던 인물인데, 얼마 전 왕궁으로 상경해서 사태에 대해 함께 논의 중이라 전해 들었어."

빅토르 왕세자는 다정하고 따뜻한 성정을 지녔지만, 거친 싸움에 걸맞은 인재는 아니었다.

"솔직히 빅토르 왕세자는 난세를 극복하기에는 다소 유약한 면이 없지 않아 있지. 루카인 왕국의 국왕 전하 역시 비슷한 부분을 염려하신 모양이야."

칸타레스가 간단히 덧붙여 주는 말에 아렌트는 잠시 빅토르 왕세자를 떠올려 보았다.

"뭐어······. 그때 회담도 전하께서 제안하시고, 빅토르 왕세자 저하께서 주최하셨던 거였죠."

호인이긴 하지만, 다른 사람 말에 제법 쉽게 휘둘린다는 인상이긴 했다.

그런 면을 생각하면 빅토르는 전쟁과 그다지 어울리지 않는 인물일지도 몰랐다.

"그렇지. 어쨌든 거기까지는 네가 신경 쓸 부분은 아니고. 뭐 다른 소식은?"

딱 잘라 말한 칸타레스가 화제를 돌려 버렸다.

아렌트 역시 어깨를 으쓱하고는 거기에 어울려 주었다.

"노이만 상단 정보상에서 들어온 이야기인데요. 제국 내에서 실종자를 찾아달라는 의뢰 빈도가 증가했답니다."

"뭐? 하지만 치안대 쪽에서는 아직 아무런 보고도 없었는데."

"치안대나 영지 관리인 쪽으로는 차마 신고를 안 한 거겠죠. 아직까지 그리 유의미한 수는 아니고."

황태자의 물음에 아렌트가 어깨를 으쓱였다.

"스스로 자취를 감춘 듯한 흔적이 꽤 보인답니다. 네펠레 왕국에서 있었던 것처럼 대규모 실종까지는 아니지만, 일가족이 다 함께 사라지거나 함께 어울려 다니던 젊은 사람 몇몇이 같이 자취를 감추는 경우가 늘었대요."

상당히 수상쩍은 행적이었다. 인상을 찌푸린 칸타레스가 턱을 짚었다.

"설마 놈들이?"

"확신할 수는 없지만, 일단 알고는 계시라고요. 그런데 이 속도라면 아마 조만간 치안대에서도 보고가 올라오지 않을까요?"

그렇게 덧붙인 아렌트가 쿠키 쪽으로 손을 뻗었다.

"사람들이 사라진 장소 주변으로 다른 수상쩍은 사람이 오가지는 않았는지 그것도 조사 중인데, 아마 그쪽으로는 별 기대는 못 할 것 같습니다."

"끙....... 그렇겠지. 마법에 능통한 자들이 있으니 당연하다면 당연한 결과인가."

와삭와삭, 아렌트가 과자를 먹는 사이 황태자가 앓는 소리를 냈다.

성녀와 인상착의가 알려진 악신교의 주요 인물들 위주로 수배령을 내린 지도 꽤 되었지만, 지금껏 딱히 소득이랄 것은 없었다.

"어쨌든 알겠어. 참고하지. 다른 나라에서도 비슷한 일이 없는지 확인해 봐야겠군."

"탐험가 연합 쪽 보고서는 읽어 보셨습니까?"

쿠키를 하나 더 집어 들며 아렌트가 그렇게 물었다. 칸타레스는 개운치 않은 얼굴로 고개를 끄덕였다.

"한 곳을 더 발견했다고? 이제 모티어 백작가까지 합쳐서 세 곳이군."

"네. 그곳도 거의 완벽하게 파괴되어 있었는데, 운 좋게 신상의 파편으로 추정되는 조각 몇 개를 찾았대요. 일단 신전 비슷한 용도로 쓰였던 자리라는 건 확실하죠. 게다가 이번에는 딱히 지하도 아니고, 깊은 산의 동굴이 있던 자리랍니다."

아렌트가 간단히 대답해 주었다.

"모티어 백작가의 지하에 있던 곳도 그래요. 좀 더 조사해 봤더니 처음부터 땅 아래 파묻혀 있었던 건 아닌 것 같대요."

"원래는 지상에 있었는데, 세월의 흐름에 따라 땅속에 파묻혔고······. 그 위에 인간이 자리를 잡은 거라고?"

"그렇죠."

칸타레스가 확인하듯 묻는 말에 아렌트가 고개를 끄덕였다.

"처음에 상정했던 것보다 훨씬 오래된 유적이라는 증거가 나온 셈입니다."

그것을 마지막으로 자연스럽게 대답이 끊어졌다. 칸타

레스가 생각에 빠져든 탓이었다.

아렌트 역시 쿠키를 몇 개 더 집어먹으며 얌전히 그의 다음 말을 기다렸다.

그리고 한참 뒤, 칸타레스가 혼잣말처럼 중얼거렸다.

"루체 님과 체르니온 신이 동등했던 때……. 대전쟁의 기미조차 보이지 않던 시절의 유물일지도 모른다는 거지."

아렌트가 올린 보고서에 있던 내용이었다.

심란한 침묵이 흐르길 잠시, 칸타레스가 내키지 않는다는 얼굴로 되물었다.

"……진심이냐?"

집무실 안의 분위기가 차게 가라앉았다. 하지만 그것도 오래 가지 않았다.

"당연히 진심인데요."

멀뚱멀뚱 눈을 뜨고 시큰둥하게 대꾸한 아렌트 때문이었다.

"안 그래도 바빠 죽겠는데, 그런 걸로 농담할 짬이 어디에 있어요?"

"……제발 아무렇지도 않게 말하지 말아 줄래? 이 망할 녀석아."

결국 칸타레스 역시 입술을 일그러뜨리며 어색한 미소를 지을 수밖에 없었다.

"사실 그리 거창할 것까지는 없습니다. 보고서에 있는

그대로에요. 그리고 개인적으로는 대부분 추측이 아니라 사실로 결론내린 부분이고."

아렌트는 쿠키를 하나 더 집어들었다.

"저도 전쟁 이전 시대는 렉시온 님의 언급 정도로 접했을 뿐인데, 설마 이번에 그런 게 줄줄이 발견될 줄은 몰랐죠."

"두 신에 관해서는 렉시온 님이 직접 말씀하신 부분인가?"

"정확한 언급은 안 하셨지만, 제가 그런 답을 내리게 유도해 주신 게 렉시온 님이에요."

칸타레스에게 대꾸해 준 아렌트가 쿠키를 한입에 쏙 넣었다.

"그러니까 일단은 제가 직접 알아낸 걸로 해 두자고요. 그 부분은 별로 중요한 건 아니니까."

"나는 중요하다고 생각한다만. 너와 렉시온 님 사이의 동맹이 어떻게 되어 먹었는지부터 시작해서."

칸타레스의 말에도 아렌트는 그저 손을 휘휘 내저을 뿐이었다.

"신경 끄시죠. 때가 되면 알려 드릴 테니까요."

"하여튼 의뭉스러운 놈. 어린 놈이 무슨 비밀이 이렇게 많아?"

"새삼스럽게요? 그런 놈인 건 한참 전부터 아셨잖습니까."

투덜거리는 황태자에게 퉁명스레 대꾸해준 아렌트가 다시 화제를 원래대로 돌렸다.

"어쨌든, 보고서는 거기까지고. 제 신성모독론을 더 듣고 싶으시다면야, 얼마든지 떠들어 드릴게요."

"그래, 한 번 떠들어 봐. 들어는 줄 테니까. 내가 어디까지 받아들일 수 있을지는 미지수지만."

칸타레스는 지극히 내키지 않는다는 표정이었지만, 그래도 아까보다는 어깨에 힘이 빠진 듯했다.

그것을 확인한 아렌트가 다시 운을 뗐다.

"루체 신전에서 가장 중요시 여기는 게 뭔지 아십니까?"

"모를 리 있나. 균형과 조화, 그리고 정의잖아."

칸타레스가 인상을 찌푸리며 대답하자 아렌트가 고개를 비스듬히 기울였다.

"그렇죠. 그런데 그중 하나는 좀 부자연스럽지 않습니까?"

그의 말을 제대로 이해하지 못한 칸타레스가 되물었다.

"부자연스럽다고?"

"정의를 조화와 균형 사이에 놓을 수 있느냐는 말이죠."

아렌트의 덤덤한 한 마디에 칸타레스는 순간 말문이 막히고 말았다.

"아, 정의 그 자체가 문제라는 건 아닙니다. 제가 말하는 건 루체 교단이 표방하는 '정의'지."

"……도대체 무슨 이야기가 하고 싶은 거야?"

칸타레스가 살며시 인상을 찌푸렸다.

"세상의 균형과 조화를 해치는 악을 쓸어버리기 위해, 루체 신은 자신의 대리인으로 영웅을 선택하는 거잖아요?"

그의 언짢은 기색에도 아렌트는 아무렇지도 않게 말을 이었다.

"그게 초대 황제 폐하이신 영웅 칸이고, 이번 대는 라이오스 단장님인 거죠. 그리고 영웅이 존재하려면 악당도 반드시 존재해야 합니다. 그게 체르니온 교단이고, 성녀에요."

여기까지는 상식선의 이야기였다.

칸타레스가 대답 대신 고개를 끄덕이자 아렌트가 다시 입을 열었다.

"그럼 다시 처음으로 돌아가죠. 두 신이 동등했던 시대가 있었다는 대목 중, 전하께선 어떤 부분에서 불편함을 느끼셨습니까?"

"그야……."

칸타레스는 선뜻 대답하지 못했다. 차마 입에 담기 꺼려진 탓이었다. 그의 마음을 읽어 낸 듯 아렌트가 대신 말했다.

"전하께서도 아시잖아요. 사실 세상사에 절대적인 선악 따위는 없다는 걸."

"……."

"그 사실을 신에 대입하자니 아무래도 꺼려질 수밖에요. 왜냐하면 이곳은 절대적 선인 루체 신의 은총 아래에서, 정의로운 영웅이 세운 신성제국 칼리온이니까요."

칸타레스는 침묵했다. 여전히 무심한 태도로, 아렌트는 과자를 하나 더 집어들었다.

"인간에게는 까마득한 과거지만 엘프에게는 고작 한두 세대 전의 일이고, 드래곤의 시점으로는 소싯적 이야기밖에 안 되는 이야기죠."

아렌트가 과자를 든 손을 한 번 휘적였다.

"그 결과 한쪽은 선, 한쪽은 악이 된 겁니다. 누가 먼저 시작했는지는, 솔직히 알 수 없어요. 물론 체르니온 교단이 지금 상당히 개같은 짓거리를 하는 중이긴 합니다만……."

잠깐 뜸을 들인 아렌트가 간단히 덧붙였다.

"루체 신한테 먼저 처맞은 뒤에, 눈알이 돌아가서 물불을 안 가리게 되었을 뿐인지도 모르죠."

"하아아……. 정말 괜히 물었군."

한참동안 침묵하던 칸타레스가 커다랗게 한숨을 내쉬며 제 머리를 감싸 쥐었다.

"잠자코 있던 악신이 어느날 갑자기 세상을 뒤집어 엎

겠다며 반란을 일으켰고, 정의로운 루체 신이 그걸 막기 위해서 성검과 영웅을 지상에 내보냈다……. 대외적으로는 이게 정설이지. 그리고 아직까지 그것을 반박할 만한 결정적인 증거는 나오지 않았어."

"그렇죠. 그 증거를 신이 손수 나서서 없애 버렸을 테니까."

견습 기사의 차가운 목소리에, 칸타레스의 얼굴이 다시금 얼어붙었다.

칸타레스는 자연히 꽤 오래 전 그와 비슷한 주제로 나눴던 대화를 떠올릴 수밖에 없었다.

언젠가, 지클린의 소굴을 처음 발견해 사투를 벌이고 귀환한 아렌트가 꺼내들었던 화제였다.

한참동안 묵묵히 있던 칸타레스가 조금 가라앉은 음성으로 운을 뗐다.

"초대 황제 폐하…… 영웅 칸과 루체 님 간에 의견 마찰이 있었을지도 모른다고 했던가. 지금 네가 하는 말은 그 연장선이고."

"네. 그렇죠."

고개를 끄덕이는 아렌트를 본 칸타레스는 그때의 대화를 상기했다.

당시 아렌트는 체르니온 신에 대한 정보가 이 땅에 거의 남지 않은 이유를 지적했다.

'역사를 말살하는 데 신이 직접 개입했을 가능성이 높

다고 했던가.'

그때 아렌트가 제시한 건 두 가지 경우였다.

체르니온이 재기를 노리고 직접 자신의 흔적을 지웠거나, 루체 신이 체르니온 교단을 세상에서 지워 버리기 위해 직접 나섰거나.

'아렌트는 후자에 좀 더 무게를 두고 있었지.'

칸타레스의 눈이 어둡게 가라앉았다.

영웅 칸은 기록을 모두 지워 버리려는 루체 신에게 반발했지만 결국 저지하는 데는 실패했다.

그래서 제대로 대처할 수 있도록 자신의 후손들만 볼 수있는 기록을 남긴 걸지도 모른다는 이야기였다.

"……그래서, 결론은?"

"루체 신의 정의는 체르니온 신이 악으로 존재할 때만 통할 수 있어요. 그리고 루체 신이 정의를 표방하는 이상, 체르니온 신은 악을 자처하며 정의를 끌어내리기 위해 발악할 겁니다."

한없이 무심한, 하지만 결코 흘려 들을 수 없는 견습 기사의 목소리가 이어졌다.

"루체 신과 체르니온 신의 관계가 틀어지게 된 이유가 뭔지, 지금 시점에서는 정확히 알 수 없죠. 그러니 지금 상황만으로 이분법적 선악을 논하는 건 위험할지도 모른다는 거예요."

아렌트가 어깨를 으쓱했다.

"당장 변할 건 없어요. 우린 체르니온 교단과 싸워야 하고, 칼리온 제국이 그들과 적대하는 이상 루체 신은 이 쪽에 힘을 실어 줄 테니까요. 게다가 루체 신의 힘이 그놈들과의 전투에 상당히 도움이 된다는 것도 사실이고."

"그러면?"

"고리타분한 선악론을 배제해 볼 필요가 있다는 거죠. 제국과 루체 신의 관계는 어쩌면 모종의 계약으로 맺어진 걸지도 모릅니다."

신앙을 바치고 루체라는 정의의 이름으로 체르니온이라는 적을 무찌른다.

그 대가로 루체는 자비를 보이고, 영웅과 성검이라는 힘을 내려 준 것이다.

"말씀하신 대로 분명한 증거 따위는 없어요. 하지만 이런 가능성이 있다는 것 정도는 인지하셨으면 해서."

"……."

마치 아무것도 아닌 이야기를 하는 듯한 태도에 칸타레스는 조금 속이 답답해졌다.

제 말을 믿어 달라 부탁하지도 않았다.

절대적인 선이라 여겨지는 신을 너무 믿지 말라는 무시무시한 경고를 건네면서도, 아렌트는 시종일관 덤덤한 태도였다.

'차라리 말도 안 되는 소리라며 흘려 들을 수 있는 편이 나을 텐데.'

그러지 못한다는 점이 오히려 더 칸타레스를 골치 아프게 했다.

문득 아렌트가 참수해 버린 신상이 떠올랐다.

그 사건을 계기로 렉시온은 본격적으로 제국의 진영에 합류했다.

'영웅 칸의 동료였다는 렉시온 님이 라이오스 단장이 아닌 아렌트에게 끌렸다는 것부터가 상당히 의미심장하지.'

렉시온이 황궁에 머물며 그들을 돕고 있다는 사실 자체가 아렌트의 신성모독적 논리에 상당히 설득력을 더하고 있었다.

'그래도 이건 너무 위험하군.'

하지만 아렌트의 말들을 곧이곧대로 받아들일 수도 없었다.

그는 신성제국 칼리온의 황태자니까.

이 말이 퍼져 나간다면 제국의 정체성까지 흔들릴지 모를 일이었다.

아니, 그 전에 아렌트의 입에서 이런 이야기가 흘러 왔다는 게 알려질 경우 벌어질 일은 불 보듯 뻔했다.

'루체 님을 따르는 이들 모두가 아렌트를 적으로 간주하게 되겠지.'

게다가 저 망할 놈은 본인이 어떤 위험에 처하든 별로 신경 쓰지도 않을 테고.

아렌트를 보호하기 위해서라도 이 가설은 당분간 비밀로 묻어 둘 필요가 있었다.

미간을 꾹꾹 누르던 칸타레스가 다시 운을 뗐다.

"……하나만 더 묻자. 이거, 라이오스 단장에게도 보고했나?"

"전하께 올린 탐험가 연합 측 보고서는 단장님께도 당연히 보여 드렸습니다. 하지만 여기까지 지껄이지는 않았어요."

아렌트의 대꾸에 칸타레스가 살짝 인상을 찌푸렸다.

"이유는?"

"단장님은 지금 칼리온 제국에서 루체 신과 가장 가까운 사람이라고 할 수 있습니다. 어쩌면 대신관님보다도요."

시큰둥하게 말하며 아렌트는 딱 적당히 식은 찻잔을 들었다.

"전하께서 서면으로 전달받으신 정보는 전부 다 라이오스 단장님도 파악하고 계십니다. 그러니 판단은 본인이 직접 하셔야죠. 누가 뭐래도 단장님은 루체 신이 선택한 성검의 주인이니까."

속사정은 좀 더 복잡하지만, 어쨌든 라이오스가 지정받은 역할은 성검의 영웅이었다.

그러니 아렌트도 좀 더 신중하게 굴 필요가 있었다.

루체를 향한 라이오스의 신앙이 어떤 방향으로 변했을

지 알 수가 없으니까.

아렌트가 잠깐 그런 생각을 하는 사이, 칸타레스가 다시 입을 열었다.

"……일단은, 그래. 네 말대로 참고 정도만 하는 걸로 하지. 아직 확실한 건 아무것도 없으니까."

"그러시든가요. 본인이 먼저 물어 놓고 아니꼽다는 반응을 보이니 상당히 짜증나긴 한데. 이해는 해 드릴게요."

차를 홀짝이며 퉁하니 말하는 꼴이 얄밉기 그지없었다.

잠시 그를 질렸다는 눈으로 쳐다보던 황태자가 고개를 내저었다.

"그것보다……. 너."

"……?"

찻잔을 내려놓지 않은 채, 아렌트는 눈동자만을 치떠 칸타레스를 보았다.

칸타레스는 지극히 심란한 빛을 띤 얼굴로 짧게 물었다.

"넌 괜찮은 거 맞냐?"

"네?"

뜬금없는 말에 아렌트가 살짝 눈살을 찌푸렸다.

"괜찮은지 아닌지 굳이 따지자면, 안 괜찮습니다. 피곤해서 죽을 것 같으니까요."

"아니, 그게 아니라……."

갑갑함에 따지려던 칸타레스가 멈칫했다.

목 끝까지 차오른 말을 꺼내도 되는지 확신이 서지 않은 탓이었다.

짧은 고민의 끝, 결국 칸타레스는 말머리를 돌리고 말았다.

"그래 보인다, 이 자식아. 그러게 누가 일을 사서 하래?"

"어쩌겠어요. 제가 잘난 탓인데."

뻔뻔하게 어깨를 으쓱인 아렌트가 자리에서 일어났다.

"더 할 이야기 없으시면 전 갑니다. 곧 순찰 시간이라."

"얼른 꺼져버려. 너 때문에 더 골치 아파 죽겠으니까."

칸타레스가 손을 휘휘 내젓자 아렌트는 고개만 까닥 숙이고 그대로 집무실을 나서 버렸다.

쿵.

매정하게 닫힌 문을 확인한 칸타레스는 천천히 소파에 등을 기댔다.

"하아……."

머리가 복잡해진 탓에, 벌써 몇 번째일지 모를 한숨이 터져 나왔다.

제레온에게 두통약이라도 부탁해야 할 것 같았다.

6장. 한 사람을 위한 무대

한 사람을 위한 무대

"날이 갈수록 상태가 더 안 좋아지는 것 같군."

예고도 없이 방으로 불쑥 찾아온 렉시온이 가장 처음으로 한 말이었다. 아렌트는 그에게 시선조차 주지 않으며 퉁명스레 대꾸했다.

"열받게 하지 마시죠. 안 그래도 짜증 나서 미치겠으니까."

"짜증 난다는 말로 퉁칠 수 있는 문제가 아닐 텐데."

렉시온이 정곡을 찔렀다.

그렇지 않아도 오늘 오전, 식당에서 잔을 하나 깨 먹은 참이었다. 물을 마시려다가 손에 힘이 풀린 탓이었다.

그 꼴을 바로 옆에서 본 아서와 기사들은 당장 기함을 터뜨렸고, 당장 방에 처박혀서 잠이나 자라며 아렌트를 쫓아내 버렸다.

덕분에 아렌트는 반강제적으로 오전 업무를 죄다 압수당한 채 방으로 돌아올 수밖에 없었다.

'그런다고 해서 잘 수 있는 것도 아니지만.'

그래도 눈을 붙이려는 시늉 정도는 할 생각으로, 옷을 갈아입고 침대에 누워 있던 참이었다.

주변 사람들이 알아차릴 정도로 체력이 떨어지고 있다는 건 확실히 문제였으니까.

그러던 중 렉시온이 홀연히 들이닥친 것이다.

"한심한 녀석 같으니."

쯧 혀를 찬 렉시온이 마력을 운용했다.

그가 딱, 소리가 나도록 손가락을 한 번 튕기자 따스한 기운이 몸을 감싸는 게 느껴졌다.

잠시 후, 웅웅 울리던 머리가 조금 맑아지고 몸에 약간 활력이 돌았다.

렉시온이 회복 마법을 걸어 준 것이다.

"오……."

바보 같은 감탄사를 터뜨리는 아렌트에게 렉시온이 핀잔을 주었다.

"이건 임시방편일 뿐이다. 지금 네 상태라면 하루도 채 안 갈걸. 그러니 최대한 빨리 해결책을 찾아."

"해결할 수 있으면 진즉 했죠."

"흐음."

아렌트를 가만히 응시하던 렉시온이 눈을 가느다랗게 떴다. 그의 붉은 눈동자 속 동공이 날카롭게 세로로 찢어졌다.

"꼴을 보아 하니 원인도 대충 짐작하는 모양이군."

아무래도 렉시온의 눈에는 아렌트가 볼 수 없는 것 역시 비치는 듯했다. 아렌트가 퉁하니 물었다.

"제 짐작이 틀리지는 않았나 봐요?"

"아무래도 그렇지. '그분'들이 아니고서야, 독하기 짝이 없는 네놈의 정신력을 좀먹을 수 있는 존재는 이 땅에 존재하지 않을 테니까."

렉시온이 언짢은 얼굴로 고개를 끄덕였다.

그렇지 않아도 그간 꾸준히 압박을 받아온 아렌트는 이미 몸에 상당한 부하가 온 상태였다.

지금껏 무시하며 꾸역꾸역 버텨온 것뿐이지.

'그러다 니케포르와 접촉했고.'

드래곤의 분노를 정면으로 받아 냈으니, 인간인 이상 어느 정도는 타격을 입을 수밖에 없었다.

전투가 끝난 뒤 기사들이 유달리 지친 것도 전부 그 탓이었다.

상당한 부담을 지고 있던 아렌트의 심신에는 그것을 계기로 작은 금이 생겼을 테고.

"게다가 지금도 꾸준히 금단의 영역을 탐구하고 있으니까. 진실에 점점 가까워질수록 자신을 갉아먹는 꼴이 될 수밖에."

"……."

아렌트는 아무런 대꾸도 하지 않았다.

이미 자각하고 있던 부분이었다.

니케포르와의 대치 이후로 감시의 눈길이 더욱 노골적으로 변했다.

르웰린과 대화를 나눈 뒤 거북함은 한 차례 더 심해졌고, 최근 칸타레스와 길게 담론을 나누고 나서는 몸 상태까지 본격적으로 나빠지고 있었다.

보이지 않는 손이 계속해서 숨통을 조이는 것 같고, 잠들거나 긴장을 풀면 압박감은 더욱 심해졌다.

그 탓에 피로감을 못 이겨 까무룩 잠들었다가도 호흡곤란을 느끼며 발작하듯 깨어나기 일쑤였다.

"해결할 수 있는 확실한 방법이 딱 하나 있다."

"뭔데요?"

아렌트가 흥미를 보이자, 렉시온이 담백하게 대답했다.

"그분들께 보호를 청해. 빛이든 어둠이든 안식처를 찾는다면 해방될 수 있어."

"염병하네."

한 치의 망설임도 없이 욕부터 하는 아렌트에게 렉시온이 질렸다는 시선을 보냈다.

"애송이 너라면 그리 반응할 거라고 예상은 했다

만…… 하여튼 독한 새끼."

"알면서 왜 물어요? 떠보는 것도 아니고. 안 그래도 피곤해 뒈지겠는데 더 열받게 하지 마시죠."

"하여간 성질머리는."

짜증스럽게 쏘아붙이는 아렌트를 흘겨본 렉시온이 고개를 내저었다.

"유의미한 방법이라는 건 사실이다. 그게 싫다면 네가 다른 방법을 찾는 수밖에."

"하여간 도움 안 되는 드래곤 같으니."

"바로 얼마 전까지 실컷 부려먹던 게 누구지? 네가 골골대는 바람에 엘프 주술사 꼬맹이도 내가 거의 전담하고 있다는 사실도 잊어버렸나 보군."

렉시온이 눈을 치뜨자 아렌트가 얄밉게 대꾸했다.

"협력해 준다면서요? 그 정도는 당연한 거지."

"……그냥 말을 말자."

그냥 한숨을 푹 내쉰 렉시온이 다시 화두를 원래대로 돌렸다.

"어쨌든, 너 그러다가 진짜 죽는다. 굴복하지 않는 기개는 높이 사겠다만. 보통 인간이었으면 이미 미치거나 신전으로 달려갔을걸."

"아직 안 미쳤고, 신전으로 달려갈 생각은 추호도 없고, 죽지도 않을 테니 안심하세요."

아렌트가 어깨를 으쓱했다.

"감당해야 한다면 감당해야죠. 내가 너무 잘나서 눈을 못 뗀다는데 뭐 어쩌겠어요?"

"내가 전에 분명히 말하지 않았나? 넌 대충 고쳐 쓸 수 있는 헝겊 인형이 아니라고."

인상을 구긴 렉시온이 지적했다.

"갉아먹히는 건 어쩔 수 없다고 쳐. 그분들의 뜻을 당장 돌릴 수는 없으니까. 하지만 적어도 버텨 내긴 해야지."

"그래서 뭐 어쩌라고요? 렉시온 님도 딱히 뾰족한 방법 같은 건 없으신 거잖아요."

슬슬 성가셔지기 시작했는지 아렌트 역시 언짢게 대답했다. 그러자 렉시온이 명령조로 말했다.

"일단 지금 하는 일부터 멈춰. 왕자를 통해서 들쑤시고 있는 것도 중지하고. 그런 다음에 휴가라도 내서 어디든 틀어박혀서 쉬어. 여기에서 쉬는 게 내키지 않는다면 본가로 돌아가. 내 레어라도 내어 주지."

"저 본가 같은 거 없습니다. 그리고 렉시온 님의 소굴에도 별로 흥미 없어요."

아렌트가 딱 잘라 거절했다.

"그리고 혼자 어디 처박힌다고 해서 상황이 나아질 것 같지도 않네요. 제가 언제까지 이럴 줄 알고요?"

"너 진짜……."

"지금이 아니면 할 수 없는 일입니다. 또 싸움이 벌어지면 르웰린 왕자도 전력으로 대응해야 할 테고, 한가롭게 유적이나 파고들 시간 따위는 없어질 거예요."

단호한 반박에 뭐라 타박을 놓으려던 렉시온이 입을 다물었다.

아렌트의 목소리가 이어졌다.

"전쟁으로 피해자가 늘면 늘수록, 그리고 라이오스 단장님이 점점 더 활약할수록 루체 신을 찾는 사람도 늘어나겠죠. 견습 기사가 지껄이는 신성모독 이야기가 유의미하게 통할 수 있는 것도 지금뿐이에요."

아렌트는 렉시온을 똑바로 바라보며 말했다.

"그때가 되면 대신전도 가만히 있지 않을 테니까요. 루미엘 대신관님은 분명히 피해자를 구제하고 악신을 처단하기 위해 움직이실 거예요. 그때가 되면 이 정도로 들쑤시고 다니는 것도 못 하게 될 겁니다."

물론 막는다고 가만히 있을 생각은 전혀 없지만, 주변인의 손을 빌리는 데에는 얼마 지나지 않아 한계가 올 것이다.

"그러니 할 수 있을 때 최대한 움직여 둬야죠. 지금은 몸을 뺄 때가 아니에요."

조목조목 따지자면 맞는 말이었다.

하지만 말이 길게 이어질수록 렉시온의 얼굴은 점점 딱딱하게 굳어만 갔다.

"그래서 그냥 이대로 미련하게 버티기만 하겠다고? 어

처구니가 없군."

"딱히 아무 소득도 기대하지 않고서 멍청히 기다리고 있는 것만은 아니에요."

아렌트가 태연하게 대꾸했다.

"이번 기회에 뭔가 실마리라도 잡을 수 있을지도 모르잖아요. 특히 체르니온 신에 대한 정보는 거의 없다시피 하니까."

"뭐?"

"시선이라는 게, 생각보다 일방적이지만은 않거든요. 어쨌든 이것도 연결고리라면 연결고리니까요."

이왕 피할 수 없다면, 이용할 수 있는 건 전부 해 보겠다는 말이었다. 심지어는 자신의 심신을 좀먹히는 이 상황마저도.

한동안 침묵하던 렉시온이 헛웃음을 터뜨렸다.

"……정말 미친 소리를 하는군. 혹시 기다리는 거라도 있는 거냐?"

"이쪽에서 멍청히 버티고만 있으면, 답답해서라도 뭔가 더 수를 쓰든 하겠죠."

"오호라. 그 과정에서 네가 죽거나 백치가 될지도 모른다는 가능성은 아예 무시할 셈이군."

"대단하신 분들에게 엿을 처먹일 수 있다는데, 그 정도 모험쯤이야."

마치 남 이야기를 하는 것처럼, 아렌트는 천연덕스레

대꾸했다.

그것을 마지막으로 방안에는 정적이 감돌았다. 렉시온이 한동안 아렌트를 가만히 응시하기만 한 탓이었다.

그 눈길이 슬슬 불편해진 아렌트가 뭐라 불평을 터뜨리려 한 찰나.

"그래. 하나하나 맞는 말이긴 하다만……."

렉시온이 먼저 운을 뗐다.

"새삼 이렇게 깨닫는군. 네가 얼마나 오만한 인간인지."

"원래 이렇게 생겨 먹었습니다. 잘 아시잖아요."

아렌트가 인상을 찌푸리자 렉시온이 못마땅하다는 티를 팍팍 내며 대꾸했다.

"아니. 너는 네가 상상하는 이상으로 오만한 인간이야. 동시에 안쓰러울 정도로 멍청하군."

"왜 갑자기 시비를 걸어요?"

아렌트의 눈이 단박에 뾰족해졌다. 짧게 한숨을 내쉰 렉시온은 의자에서 몸을 일으켜 세우고는 가볍게 주먹을 말아 쥐었다.

그리고, 잠시 후. 퍽!

미처 대비할 틈도 없이 아렌트의 이마에 아프게 꿀밤을 놓았다.

"아! 왜 또 때리고 난리에요?"

얻어맞은 곳을 부여잡고 짜증을 터뜨리는 아렌트에게

렉시온이 뻔뻔하게 대답했다.

"최근에 엘프 꼬맹이를 가르치면서 힘 조절하는 방법을 터득했거든. 이럴 때 써먹는군."

"제가 뭐 틀린 말 했어요?"

"틀리지 않으면서도 동시에 매를 부르는 말은 했지. 보아하니 오만한 것보다 기가 막힐 정도로 한심하다고 이야기하는 게 낫겠어."

렉시온은 한 마디도 지지 않고 따지고 드는 아렌트를 싸늘하게 내려다보았다.

"보아하니 쉽게 알아들을 것 같지도 않고, 몇 마디만 더 하지."

렉시온은 그를 똑바로 내려다보며 손가락을 하나씩 꼽아 보였다.

"첫 번째. 네가 전부 다 해결할 수 있다고 착각하지 마라. 주제 파악을 못 하는 것도 정도껏이지. 그리고 두 번째. 영웅과 그 동료들은 네 생각만큼 그리 둔하지 않다."

아렌트는 인상을 쓰며 빨갛게 부어오른 이마를 매만졌다.

"갑자기 그게 무슨 소리예요? 그건 저도 알고 있습니다만. 그래서 지금 방에 얌전히 처박혀 있잖아요. 애초부터 그 사람들 눈을 완벽하게 속일 수 있다고는 생각 안 했어요."

그래서 대충 과로 때문에 피곤하다는 것 정도로 둘러대

고 있었다. 신체적으로 티가 나는 부분은 그로서도 어쩔 수가 없던 탓이었다.

하지만 렉시온이 원한 대답은 그게 아니었던 것 같았다.

"역시 아무것도 모르는군."

렉시온이 고개를 내젓자 아렌트가 고개를 기울였다.

"네?"

"잘 들어. 신 앞에 엎드릴 생각이 없다면, 네가 말한 것처럼 상황이 크게 바뀔 일은 없겠지. 하지만 버티는 방식이 어떤지에 따라서는 많은 게 변할 수 있다."

렉시온의 목소리가 차분하게 가라앉았다.

"그리고 지금 너는 최악의 대응을 하는 중이고. 네가 계속 그런 식이라면 앞으로도 계속 문제가 생길 수밖에 없어. 그걸 예방하기 위해서 난 어느 정도 네 취향을 고려해 대안을 제시했지."

잠깐 뜸을 들이던 렉시온이 덧붙였다.

"하지만 그것도 마다한다면, 뒷일은 네가 책임질 수밖에."

상당히 의미심장한 말이었다.

멀뚱멀뚱 눈을 깜빡이던 아렌트가 인상을 찌푸렸다.

"책임지라니, 무슨 뜻이에요?"

"조만간 네 오만함……아니지. 한심함에 대가를 치를 때가 올 거라는 뜻이다."

귀찮다는 듯 짧게 대꾸한 렉시온은 손을 휘휘 내저었다.
"대화도 통하는 상대랑 해야지. 간다."
"네? 아니, 잠깐만……."
아렌트가 급하게 그를 붙잡으려 했지만, 렉시온은 나타났을 때와 마찬가지로 홀연히 사라져 버렸다.
텅 비어 버린 공간을 보며, 아렌트는 황당하게 중얼거렸다.
"뭐야……?"

* * *

한편, 아렌트가 쫓겨나다시피 한 뒤.
식당에서는 기사들의 비상 회의가 열렸다.
"저 새끼 확실히 상태 이상하지?"
글렌이 심각하게 중얼거리자 라이더가 고개를 주억거렸다.
"평소랑 다른 게 별로 없는 것 같으면서도……. 요즘 따라 자꾸 넋을 놓는단 말이죠."
매사에 철두철미한 아렌트가 실수로 잔을 깬다는 것부터 있을 수 없는 일이었다.
얼마 전에는 대련하다가 검을 놓치지를 않나, 한밤중에 로비의 소파에 혼자 앉아 있거나, 야밤에 생활관 밖에서 때아닌 산책을 하는 걸 발견한 것도 여러 번이었다.

"안색도 별로고. 보아하니 잠도 제대로 안 자는 거 아닙니까? 요즘 밤마다 밖에서 어정거리는 것 같던데요."

"아무리 바쁘다고 해도 이건 좀 심하지 않아요? 아니, 애초에 그놈 도대체 뭐 하고 다니는 거예요?"

아렌트가 정확히 무슨 일을 하는지 전부 다 파악하고 있는 사람은 아무도 없었다.

기사들의 시선이 자연스럽게 리히트와 아서에게 닿았다. 뭐 아는 거 없냐고 묻는 듯한 눈길에 리히트가 곤란한 기색을 띠었다.

"황태자 전하의 일을 돕고 있어. 그것 말고는 뭐라 정확히 말은 못 해 주겠군."

"그건 저희도 알고 있습니다만……."

글렌이 납득 못 하겠다는 얼굴로 중얼거렸다.

"놈이 철야에 들어간 지 최소 몇 주는 된 것 같은데. 그래도 일이 안 끝날 정도로 바쁘다면 그 녀석 혼자 감당 못 할 문제인 거 아닙니까?"

"애초에 아직 새파란 견습인 그 녀석이 그렇게 많은 업무를 맡는다는 것부터가 썩 바람직한 일은 아닌 것 같습니다."

거기에 라이더가 맞장구치자 다른 기사들 역시 고개를 끄덕였다. 그들을 착잡하게 마주 보던 리히트가 떨떠름하게 말했다.

"매일 죽여 버리니 뭐니 하면서도 다들 엄청 신경 쓰는군."

"……."

순간 어색한 침묵이 흘렀다. 자신에게 힐난의 시선이 쏟아지기 시작하자, 리히트가 주춤 뒤로 물러섰다.

"……실언했다."

"어쨌든, 황실 기사단 소속 기사가 전장에서도 아니고 과로사로 죽는다는 것도 우스운 일이잖습니까. 심지어는 루체 님의 가호까지 받았다는 녀석인데."

글렌이 다시 화제를 원래대로 돌려놓았지만, 그것 역시 썩 좋은 선택은 아니었던 듯했다. 리히트에게 닿았던 원망 섞인 눈길들이 이번에는 글렌을 향해 쏟아지기 시작했다. 이번에는 리히트와 아서 역시 함께였다.

멈칫한 글렌이 억울하게 외쳤다.

"왜, 왜 그러십니까? 아니, 틀린 말은 아니잖아요!"

"그건 그렇다만, 아렌트 앞에서 그렇게 말했다간 당장에 얼음 동상이 되어 버릴걸."

리히트가 침착하게 지적했다. 차마 부정할 수 없는 말에 글렌이 다시 입을 꾹 다물었다.

애초에 당사자를 붙잡고 도대체 뭐가 문제냐고 캐물으면 해결될 일이었지만, 아무도 그럴 엄두를 내지 못하고 있었다.

'이해 못 할 일도 아니지.'

리히트가 속으로 한숨을 삼켰다.

지친 낯짝을 하다가도 옆으로 다가가거나 말을 걸면 멀쩡한 표정을 짓는 게 아렌트란 녀석이었다.

'뻔뻔할 정도로 오지랖을 부려대는 주제에……'

정작 본인은 남이 조금만 선을 넘는 순간 몸을 쏙 빼 버리니 그들도 조심스럽게 굴 수밖에 없었다. 자칫하다가는 지금 언뜻언뜻 보이는 허점마저도 꽁꽁 숨겨 버릴지 모르니까.

그렇게 되면 더 이상 참견할 핑계조차도 찾을 수 없게 될 것이다.

"……애초에 말입니다. 일 때문에 못 자는 거 맞습니까?"

문득 라이더가 입을 열었다.

"몇 주 동안 눈을 못 붙일 정도로 바쁜 거라면, 단장님이 그냥 보고만 계실리도 없습니다. 진즉 일을 빼앗든 전하께 찾아가시든 하셨을 겁니다. 그놈 상태에 누구보다 예민하신 게 단장님이신 걸요."

이미 그들도 눈치챈 일을, 라이오스가 모르고 있다는 것도 말이 안 되었다. 그렇다는 건 라이오스도 상태를 지켜만 보고 있다는 것일 터였다.

글렌이 찝찝한 얼굴로 덧붙였다.

"그리고 애초에…… 일을 시킨다고 고분고분 말을 들을 자식도 아니잖습니까. 본인이 하기 싫은 일은 쳐다도 안 볼 녀석인데."

 그 말도 옳았다. 이제 남은 가능성은 딱 한 가지였다. 살짝 인상을 찌푸린 리히트가 혼잣말처럼 중얼거렸다.

 "바빠서 자는 시간을 아끼는 게 아니라, 잠자리에 들지 못하는 쪽에 가까운 건가?"

 섣불리 입에 담지 못했을 뿐이지, 사실 모두가 그 가능성에 초점을 두고 있긴 했다.

 라이더가 찜찜한 얼굴로 말했다.

 "네펠레 왕국에서 돌아온 직후부터였죠? 놈 상태가 안 좋아지기 시작했던 게."

 "그때는 미처 눈치 못 챘지만, 따지고 보면 그랬지."

 글렌이 고개를 끄덕였다. 퍼뜩 떠오르는 일은 역시 니케포르와의 접촉뿐이었다.

 아렌트의 수작에 곧이곧대로 걸려들어 제법 험한 꼴을 본 니케포르는 자신의 영역으로 돌아가기 전 그를 향해 저주를 퍼부었다.

 현장에 있던 기사들은 그 말을 똑똑히 기억했다.

 "살아도 산 게 아니고, 죽어도 쉴 수 없다……. 이렇게 말했죠. 설마 그 말을 신경 쓰고 있는 걸까요? 아니면 드래곤의 그 말 자체가 저주로 실현됐다거나. 용의 언어에는 특별한 힘이 있다는 말도 있잖습니까."

 "적이 퍼부은 말 따위에 신경 쓸 녀석도 아니고, 무엇보다 그때는 렉시온 님이 바로 옆에 계셨잖아. 그런 종류의 저주였다면 렉시온 님이 뭐라도 해 주셨을걸."

당사자가 없는 상황에서 이런저런 대화를 나눠 봤자 시원스레 답이 나올 리는 없었다.

이런저런 추측만 늘어놓는 상황에 슬슬 진절머리가 나려던 찰나, 누군가가 문득 읊조렸다.

"저주가 아니라……."

아까부터 이상할 정도로 조용히 있던 아서였다.

"아렌트에게는 이미 현실이었던 것 아닙니까?"

순간 찬물이라도 끼얹은 것처럼 공기가 차갑게 가라앉았다. 한참 뒤, 라이더가 더듬더듬 물었다.

"야, 야. 잠깐만. 그게 무슨 뜻이냐?"

"예? 아뇨, 그냥……."

퍼뜩 고개를 든 아서가 애매하게 말끝을 흐렸다. 그러자 기사들이 하나둘씩 인상을 쓰고 그를 압박하기 시작했다.

"뭐 아는 거라도 있어? 너, 그 녀석이랑 제일 자주 붙어 다니잖아."

"저주가 아니라는 건 또 무슨 말이고? 당장 제대로 설명 안 해?"

"얼굴 들이밀지 마십쇼. 부담스럽습니다."

한 걸음씩 성큼 다가오는 선배들에 아서가 질색하며 뒤로 물러섰다.

"저라고 딱히 아는 게 있는 건 아닙니다. 그냥 대충 짐작만 하는 것뿐이죠."

"그러니까 그 짐작이라는 게 뭐냐고. 그 녀석한테는 이미 현실일지 모른다는 말은 뭐야?"

글렌이 재촉하자 아서가 급하게 손을 내저었다.

"아니, 그냥. 그때 니케포르가 말하던 투가 그랬잖아요. 아렌트한테 동정한다고 말하기도 했고……."

"그랬지."

리히트가 인상을 찌푸리며 고개를 끄덕였다.

"미래에 일어날 일을 이야기하는 것보다는, 마치 지금 현재 일어나는 일처럼 말하긴 했지."

그의 시선이 자연스레 아서에게 닿았다. 리히트와 눈을 마주친 아서가 멈칫했다.

"왜 절 보십니까?"

"아서. 정말로 아는 게 없나?"

리히트의 물음에 아서는 잠시 갈등했다.

짚이는 곳은 있었다.

어둠에 잠긴 대신전의 기도실에서 루체 신상을 향해 새파란 분노를 드러내던 아렌트와 그를 시험하듯 가만히 지켜보던 렉시온.

'관련이……. 없지는 않겠지.'

좀처럼 제 감정을 드러내는 법 없는 아렌트가 증오를 고스란히 내보이는 모습은 아직까지 아서의 머릿속에 화인처럼 새겨져 있었다.

"아서?"

"예, 예?"

잠깐 상념에 빠졌던 아서는 리히트의 목소리에 퍼뜩 정신을 차렸다.

"왜 그러지?"

어느 순간부터 그 자리의 모두의 시선이 아서에게 꽂혀 있었다.

아서는 잠시 말문이 막히고 말았다. 그때 자신이 본 장면을 곧이곧대로 말해서는 안 된다는 생각이 든 탓이었다.

잠깐 멈춰 있던 아서가 곤란한 표정을 지으며 고개를 내저었다.

"저라고 뭘들 알겠습니까? 그놈이 제 속을 쉽게 내보이는 녀석도 아니잖아요. 그냥 저도 어림짐작했을 뿐입니다. 그냥……."

어물쩍 넘어가려던 아서가 말끝을 흐렸다.

얼마 전 우연히 아렌트의 방에 들어갔다가 본 광경이 마음에 걸렸던 탓이었다.

아렌트는 아서가 이름을 부르며 문을 벌컥 열고 들어온 순간까지도 곯아떨어져 있었다.

그런 그가 하필이면 방에 어둠이 찾아들자마자 놀라 깨어난 것이다.

방을 밝히던 불을 끈 순간 심하게 놀라며 잠에서 깨어

난 아렌트는, 마치 심한 가위라도 눌린 것처럼 한동안 호흡을 가라앉히지 못했다.

'순식간에 원래대로 돌아오긴 했지만.'

아무래도 그 역시 우연처럼 느껴지지는 않았다.

잠깐 망설이던 아서가 짧게 덧붙였다.

"……가끔 좀 불안해 보이지 않습니까?"

"불안해 보인다고? 그 녀석이?"

리히트가 의아하게 되묻는 말에 아서가 대답 대신 고개를 끄덕였다. 글렌이 납득하기 어렵다는 표정을 지었다.

"불안? 그 녀석만큼 확신에 가득 차 있는 사람이 어디에 있다고."

"무슨 말인지 좀 알 것 같기도 하군."

하지만 리히트는 생각이 조금 다른 듯했다. 팔짱을 낀 리히트가 언짢은 표정으로 덧붙였다.

"우리끼리 이런 대화를 나누고 있다는 것부터 그놈이 좀처럼 사람에게 곁을 내주지 않는다는 증거니까. 정작 중요한 장본인은 이 자리에 없지 않나."

차마 부정할 수 없는 한 마디였다. 상념에 잠긴 기사들을 한 번 둘러본 리히트는 힐끗 아서를 곁눈질했다.

아서는 제법 심란한 듯 다시 시선을 아래로 내리깐 채였다.

그에게서 눈을 뗀 리히트가 짝, 한 번 손뼉을 쳐 주위를 환기했다.

"슬슬 근무 시간이군. 움직이자."

아무래도 지금 당장 답이 나올 수 있는 문제는 아닌 것 같았다.

* * *

오전부터 방에 틀어박혔던 아렌트는 아니나 다를까 오후까지 버티지 못하고 오후부터는 업무에 복귀했다.

그 고집을 꺾지 못한 기사들은 결국 오늘도 두 손 두 발을 다 들 수밖에 없었다.

늘 그렇듯이 평화로운 듯 소란스러운 하루가 지나가고, 바야흐로 밤이 찾아왔다.

취침 시간이 지난 뒤 아서는 잠을 청하려 옷을 갈아입고 침대에 파고들었다.

하지만 그렇다고 해서 쉽게 잠에 들지는 못했다.

"……."

평소라면 편안하게만 느껴질 밤의 어둠이 어쩐지 음습하고 불길하게 느껴졌다. 밤 특유의 정적에 갇혀 있자니, 자연스레 기사들과 나누었던 대화가 떠올랐다.

'니케포르의 저주는 분명 신과 연관이 있겠지.'

아렌트는 신을 달갑잖게 여기며, 누구보다도 냉소적인 시각을 가진 녀석이었다.

가끔은 신성제국의 일원으로서 상상할 수도 없는 신성

모독적 말을 꺼내서 사람들을 놀래키기도 했다.

'그때까지만 해도 혐오감을 드러내지는 않았던 것 같은데.'

대신전에서의 일을 기점으로, 아렌트는 냉소적인 태도를 넘어서 신을 향해 혐오감까지 드러내기 시작했다.

그리고 렉시온은 그런 아렌트를 바로 옆에서 보조하겠다 맹세까지 했고.

'……역시.'

이제는 슬슬 인정해야 할 것 같았다.

아렌트와 렉시온은 체르니온 교단처럼 루체 신마저도 하나의 위협으로 느끼는 게 분명했다.

머릿속으로 그런 결론을 내린 순간, 어쩐지 위장이 뒤틀리는 느낌이 들었다.

그럼에도 아서는 사고를 멈추지 않으려 애썼다. 어째서인지 회피해서는 안 될 것 같다는 생각이 든 탓이었다.

'니케포르가 한 말도 그런 뜻인가.'

빛과 어둠, 그 어느 쪽의 보호도 받지 못한다면 결국 마음 편히 쉴 곳을 영원히 찾지 못하게 될 것이라고.

어쩌면 아렌트는 아주 오래전부터 그런 상태였을지도 몰랐다.

아주 치밀하게 숨겨 오다, 최근 들어 상황이 더욱 나빠지며 답지도 않게 흐트러진 모습을 보이게 된 거겠지.

"아."

하지만 아서는 이내 생각을 멈출 수밖에 없었다.

잔뜩 곤두서있던 신경에 문 바깥에서부터 느껴진 기척이 걸려든 것이다.

오늘도 잠자리에 들지 못한 후배 녀석이 지루함을 견디지 못하고 활동을 시작한 모양이었다.

"……어쩐지 조용하다 싶더라니."

탄식처럼 중얼거린 아서는 두 번 고민하지 않고 자리에서 몸을 일으켰다.

* * *

"헉, 허억, 후우……."

침대머리에 상체를 기댄 채 아렌트는 어떻게든 호흡을 가다듬으려 애썼다.

잠깐 쉴 생각으로 침대에서 눈을 붙였더니 아니나 다를까, 또 이 꼴이었다.

보이지 않는 존재가 끊임없이 목을 조르는 것 같았.

아렌트는 습관적으로 손을 몇 번 쥐었다 펴는 것을 반복하며 현실감을 되찾으려 했다.

하지만 머릿속을 헤집는 온갖 잡념들과 귀를 가득 채운 이명은 도무지 떨쳐 낼 수가 없었다.

'쓸데없는 생각 하지 마.'

자신을 세뇌하듯, 아렌트는 몇 번이고 속으로 되뇌었다.

'쓸데없는 생각 하지 말라고.'

거추장스러운 머리칼을 대강 쓸어 올리려 했지만, 손끝이 떨리는 통에 그조차도 여의치 않았다.

사방에서 느껴지는 기묘한 이질감에 숨이 턱턱 막혔다.

자욱하게 깔린 어둠의 거대한 존재감이 그의 숨통을 서서히 옥죄고 있었다.

자신의 주변, 모든 것들이 하나하나가 부자연스럽게 느껴졌다.

자꾸만 흘러내리는 긴 머리칼, 값비싼 침대와 시트, 침대맡 테이블의 은촛대, 램프, 몬스터 가죽으로 엮은 책.

이 공간에 있는 모든 것들이 삐걱거리는 것 같았다.

끝도 없이 펼쳐진 무대에 아무도 없이 혼자 덩그러니 혼자 던져진 자신과 주변을 가득 채운 가짜 같은 진짜들……

'아니야.'

그는 무심결에 자신의 손목을 꽉 붙잡았다.

니케포르가 화상 흉터를 남긴 자리였다.

얼마 지나지 않아 손톱이 살에 파고들며 피가 조금씩 새어 나오기 시작했다.

그제야 그는 의식이 다시 또렷해지는 걸 느낄 수 있었다.

'정신 차려, 멍청아.'

당장 문밖으로 나가면 오지랖 넓고 물러 터진 기사들이 코를 골아 대는 소리를 들을 수 있을 것이다.

창문을 열면 신선한 바람이 불어올 것이고, 빌어먹게 청명한 밤하늘에는 얼음 조각 같은 달과 별이 차가운 빛을 내고 있을 터였다.

"하……."

그는 제국의 견습 기사 아렌트 폰 에크하르트였다.

오만하고 이기적인 데다가, 그 무엇도 두려워하지 않는 건방진 애송이.

'배역에 집중해.'

천천히 숨소리가 제 속도를 찾아갔다.

이곳은 칼리온 제국의 황궁, 자신이 선택한 무대였다.

이 방을 채운 물건들도 무대 소품 따위가 아니라 진짜고, 서적이며 서류들은 다 자신이 공들여 모은 거였다.

어둠은 단지 어둠일 뿐이고, 빛 역시 마찬가지였다.

한참이 지난 뒤에야 아렌트는 신경질적으로 머리칼을 쓸어 올릴 수 있었다.

"……진짜 염병하는군."

붕 떴던 머릿속에 차차 현실감이 돌아왔다. 그와 동시에 치미는 편두통에 아렌트는 잠시 눈살을 찌푸렸다.

"빌어먹을 신 새끼들."

아무래도 괜한 짓을 한 것 같았다.

슬슬 기사들이 이상한 낌새를 눈치채는 것 같기에, 오

늘은 불조차 켜지 않고 쥐죽은 듯 가만히 누워 있을 생각이었다.

적어도 자는 척 정도는 해야 귀찮게 구는 이들을 떨쳐 낼 수 있을 테니까.

하지만 썩 좋은 선택은 아니었던 듯했다.

피로를 이기지 못하고 깊이 잠들었던 대가를 혹독히 치르게 되었으니.

"관객이면 관객답게 구경이나 하라고……. 아니면 용건이나 제대로 밝히던가. 하여튼 미친 새끼들. 언젠가 진짜 죽여버려야지."

욕설을 연신 중얼거리며 이미 상처가 난 자리를 신경질적으로 긁적이던 아렌트는 문득 피비린내가 난다는 사실을 깨달았다.

뒤늦게 퍼뜩 정신을 차린 아렌트가 움직임을 멈췄다.

화상 흉터 자국 위를 계속 할퀴던 손톱 끝이 피범벅이 되어 있었다.

"……환장하겠네."

제 꼴이 말이 아니라는 것을 자각한 순간, 헛웃음이 터져 나왔다.

아렌트는 결국 자리를 털고 일어날 수밖에 없었다.

어떻게든 정신을 차리기는 했지만, 조금이라도 더 이 방에 있다간 진짜 돌아 버릴 것 같았다.

대충 옷을 갈아입고 방 밖으로 나가니 서늘한 공기가

피부에 닿았다.

창문에서 쏟아지는 달빛을 보고 있으니 그래도 마음이 좀 진정되는 기분이었다.

"후우."

짧게 한숨을 내쉰 아렌트는 느릿느릿한 걸음으로 로비를 향해 걸음을 옮겼다.

아무도 보지 않을 때도 늘 정돈하던 머리칼도 어깨 아래까지 흘러내린 그대로 방치했다.

평소라면 걷는 자세까지도 신경 썼겠지만, 지금은 도무지 그럴 힘이 없었다. 머릿속을 가득 채운 상념을 몰아내는 것만으로도 최선이었으니까.

그 탓에, 아렌트는 방문을 열고 나온 또 한 사람의 존재를 미처 깨닫지 못했다.

"아렌트?"

조용하던 와중 불쑥 들려온 목소리에 아렌트가 흠칫했다.

무심코 고개를 돌린 그는 몇 걸음 뒤에 서 있는 아서와 눈이 마주쳤다.

"아······."

갑작스러운 조우에 아렌트는 잠깐 굳어 버리고 말았다. 퍼뜩 대사가 떠오르지 않은 탓이었다.

불행인지 다행인지, 먼저 움직인 쪽은 아서였다. 얼굴을 와락 구긴 아서가 성큼성큼 다가오기 시작한 것이다.

"야, 너 꼴이 그게 뭐야?"

"네? 제 꼴이 뭐가 어때서……."

반사적으로 대꾸하려던 아렌트가 문제를 깨닫고는 멈칫했다.

'적어도 피라도 닦고 나왔어야 했는데.'

정신이 혼미한 통에 저지른 실수였다.

미처 그가 변명거리를 생각해 내기도 전, 아서가 성난 얼굴로 아렌트의 상처 난 손목을 확 잡아챘다.

"다 나은 상처는 왜 잡아 뜯고 난리야? 너 미쳤어?"

"아, 진짜. 어딜 손대요?"

아렌트 역시 덩달아 인상을 찌푸리며 아서의 손을 털어냈다.

"가려워서 긁었더니 이렇게 된 걸 나보고 어쩌라고요? 안 그래도 치료 약 가지러 가는 길이었어요."

"웃기지 마. 이게 어딜 봐서 그냥 긁은 정도야? 피투성이잖아!"

아서가 사납게 쏘아붙이는 말에 아렌트가 지지 않고 신경질적으로 대꾸했다.

"알아서 할 테니까 선배는 잠이나 자요. 야밤에 왜 돌아다니고 난리에요?"

"그건 내가 할 소리야, 이 새끼야! 요즘 매일같이 밤마다 배회하는 게 누군데."

목소리를 잔뜩 낮춰 으르렁거린 아서는 다시 아렌트의

팔을 낚아챘다.

"닥치고 따라오기나 해. 다른 선배들 다 깨우고 싶지 않으면."

"따라오라니, 어딜……."

"닥치고 그냥 오라고 했다. 안 따라오면 이대로 단장님 방으로 뛰어들어갈 거니까 그렇게 알아."

아서가 음산하게 건넨 경고에 아렌트가 입을 다물었다. 그간 경험상, 아서가 진짜 하고도 남을 사람이라는 사실을 알고 있는 탓이었다.

아서가 아렌트를 질질 끌고 간 곳은 로비의 소파였다. 아렌트를 억지로 앉힌 아서는 테이블 위의 램프에 불을 밝혔다.

어둡기만 하던 로비에 은은한 불빛이 감돌기 시작했다.

아렌트가 멀뚱멀뚱 기다리는 사이, 잠시 자리를 뜬 아서가 어디에선가 붕대를 찾아왔다.

"손 이리 내."

"……."

옆자리에 앉아 명령조로 말하는 그를 불만스레 쳐다보면서도, 아렌트는 순순히 그가 시키는 대로 피가 말라붙은 팔을 내밀었다.

아서는 신경질적으로 상처 위에 붕대를 꽉꽉 조여 매기 시작했다.

"망할 녀석 같으니. 야밤에 이게 무슨 짓이냐고."
"그러게 누가 참견하랬어요? 알아서 하려고 했는⋯⋯ 악!"

뾰족하게 대꾸하던 아렌트는 기습적인 통증에 비명을 삼켰다.

아서가 일부러 붕대를 있는 힘껏 잡아당긴 거였다.

"무슨 짓이에요?"
"입 다물어라, 너. 속 터져 죽을 것 같으니까."
"아니, 내가 뭘⋯⋯."

살벌한 경고에도 반성할 줄 모르는 후배 탓에, 아서는 한 번 더 제지를 가했다.

꽈아악.

피가 안 통할 정도로 당겨지는 붕대에 아렌트는 결국 반강제적으로 입을 다물 수밖에 없었다.

"하여튼 매를 벌지."

짜증스레 투덜거린 아서는 다시 붕대를 풀어서 제대로 치료를 마무리해 주었다.

"날 밝으면 치료사한테 가."
"뭐 이런 것 가지고 치료사한테까지⋯⋯."
"가라면 좀 가, 이 새끼야."

구시렁대는 아렌트에게 타박을 놓은 아서가 이내 한숨을 푹 내쉬었다. 그것도 잠시, 그는 다시 아렌트를 똑바로 보며 말했다.

"너. 여기서 꼼짝 말고 기다려."

"뭐야. 끝난 거 아니에요?"

아렌트가 성가시다는 듯 묻는 소리에도 대답하지 않고, 아서는 어둠 속으로 모습을 감췄다.

그리고 잠시 후. 아서는 커다란 술병과 유리잔을 두 개 들고 돌아왔다.

"……?"

의아해진 아렌트가 미간을 구기려는 찰나, 쿠웅!

아서가 본인의 상체만 한 술병을 테이블 위에 내려놓았다.

여전히 상황 파악을 해내지 못한 아렌트가 얼떨떨하게 물었다.

"……이게 뭐 하자는 건데요? 갑자기 이건 또 뭐고?"

"이게 뭐냐면 말이지."

잔뜩 목소리를 낮추며 아렌트의 말을 따라 한 아서가 술잔을 건넸다. 아렌트가 얼떨결에 잔을 받아들자 아서가 뻔뻔하게 덧붙였다.

"글렌 선배가 식당 시종한테 부탁해서 몰래 꿍쳐 놓은 술병."

"네?"

상상도 못 한 대답에 아렌트는 얼빠진 소리로 되물었다. 아서는 제 몫의 잔을 앞에 내려놓고 단단히 봉해진 술병을 열기 시작했다.

"황궁 바깥 여관에서 직접 담그는 포도주인데, 워낙 인기가 많아서 좀처럼 구하기 어렵거든. 글렌 선배가 주인 양반한테 부탁해서 공수했다고 하더라. 지금쯤이면 딱 좋게 숙성됐을걸."

"……."

"너 같은 도련님 따위가 이런 맛을 제대로 즐길 수 있을지는 모르겠지만, 이게 꽤 일품이거든."

어처구니가 없었다.

황궁의 식품은 전부 철저한 검수를 거쳐야만 들어올 수 있었다. 그런 규칙을 어겨 가면서 외부의 식료품을 몰래 들여온 글렌이나, 그걸 또 어디선가 훔쳐온 아서나 황당한 것은 매한가지였다.

"아니, 이게 무슨……."

"아, 됐다."

황당해진 아렌트가 간신히 입만 달싹이려던 그때, 퐁! 경쾌한 소리와 함께 병을 막고 있던 코르크가 열렸다.

아서는 선배가 고이 보관해뒀다던 술을 아렌트의 잔에 가득 따라 주고는 자신의 잔 역시 채웠다.

"맛은 보장하지. 나도 가끔 가서 마셔 봤는데 나쁘지 않더라고."

씨익 웃은 아서는 아렌트가 든 술잔에 건배하듯 자신의 잔을 부딪쳤다.

단숨에 술을 입에 털어 넣으며 순식간에 한 잔을 비워

낸 아서가 인상을 쓰며 아렌트를 재촉했다.

"뭐해. 안 마셔?"

아무래도 아서는 아무것도 묻지 않으려는 듯했다.

굳이 선을 넘지 않겠다는 것을 간접적으로 알려 주는, 나름 대로의 배려였다.

찜찜한 눈으로 잔을 내려다보던 아렌트가 한숨을 푹 내쉬었다.

"진짜 어이가 없네."

술을 들이켜자 달콤하면서도 부드러운 포도주 향이 훅 끼쳐왔다.

황궁 안에서 맛볼 수 있는 술만큼 고급스럽지는 않았지만, 아서가 호언장담한 대로 꽤 괜찮은 맛이었다.

잠깐 뜸을 들이던 아렌트가 솔직한 감상을 입에 담았다.

"……맛있네요."

"그렇다니까."

맞장구를 친 아서는 또 아렌트의 잔을 채워 준 뒤 자신의 잔에도 술을 부었다.

아렌트는 굳이 거절하지 않고 술을 받아들었다.

술이 들어가니 잔뜩 경직되었던 어깨가 슬슬 풀리기 시작했다. 울렁거리던 속도 점차 진정되었다.

이 정도면 다시 역할에 몰입할 수 있을 것 같았다.

두 잔째를 비워 낸 아렌트가 운을 뗐다.

"술만 먹으려니 좀 심심하지 않아요? 방에 있는 간식거리라도 좀 가져올까. 제레온 보좌관님한테 받은 것도 꽤 많은데."

"넌 그런 걸 방에 쌓아 놓고 있냐? 됐어. 전하께서 드시는 그런 최고급 간식거리는 이런 저잣거리 술이랑은 안 어울린다고."

두 사람이 시답잖은 대화를 나누는 사이 술잔은 끊임없이 찼다가 다시 텅 비는 것을 반복했다.

커다란 술병을 절반쯤 비웠을 무렵, 아서가 아쉽게 중얼거렸다.

"그래도 뭔가 곁들일 게 있으면 좋을 것 같긴 한데. 그냥 마시려니 너무 달지 않냐? 간식거리 중에 소금기 있는 건 없어?"

"파견 나갈 때 먹는 육포 조각 정도는 있어요. 아니면 주방이라도 뒤져 봐요. 치즈 몇 개는 찾을 수 있을걸요."

아렌트 역시 동의했다.

그렇게 견습 기사와 막내 기사가 주방을 재차 습격하자며 의견을 모으던 그때, 불길한 그림자 하나가 살금살금 두 사람을 향해 접근하고 있었다.

"치즈 좋지. 그런데 주방 창고까지 건드렸다가 진짜 혼나는 거 아냐?"

"이제 와서 혼나는 걸 걱정한다고요? 이 술도 글렌 선배 거라면서요."

"그건 그렇지만. 물 채워 놓으면 글렌 선배도 모르시지 않을까?"

"뭐어, 그 사람이라면 한동안 눈치 못 챌 가능성도 있겠네요."

바보 같은 대화에 열중하던 아서와 아렌트는 한 박자 늦게 기척을 알아차리고 입을 다물었다.

어쩐지 나쁜 예감이 든 바로 그 순간.

"맛있냐……? 이 망할 새끼들아."

등 뒤에서 섬뜩한 목소리가 들려왔다.

글렌이었다.

"이 새끼들이 보자보자 하니까 하늘 같은 선배의 술을 훔쳐 먹어? 아까부터 바깥에서 뭘 하나 했더니."

글렌이 커다란 주먹을 들이밀며 성큼 다가섰다.

"게다가. 뭐? 물을 타? 누가 눈치를 못 채? 진짜 죽고 싶냐?"

"아니, 그게 아니라……! 어차피 선배도 바쁘셔서 술 마실 시간도 별로 없으셨잖습니까. 너무 오래 묵혀 놓는 것도 별로 안 좋겠다는 생각에……."

아서가 어색하게 웃으며 구구절절 변명을 늘어놓기 시작했다. 하지만 의외로 글렌은 더 이상 화를 내지 않았다.

예리하게 날 선 눈으로 절반쯤 빈 병과 아렌트, 아서를 한 번씩 훑어본 글렌이 다시 입을 열었다.

"이미 너희들끼리 실컷 즐겼단 말이지."

당장이라도 주먹을 갈길 기세였던 방금 전까지와는 달리 상당히 차분해진 태도였다.

"잠깐만 기다려라."

딱 한 마디를 남긴 뒤, 글렌은 돌연 자리를 비웠다. 그리고 잠시 후 돌아온 글렌은 한 손에는 다른 술병을, 또 한 손에는 자신 몫의 잔을 들고 있었다.

"……그건 또 뭔데요?"

아렌트가 꺼림칙하게 물었다. 아까 아서가 가져왔던 술병과는 이런저런 장식까지 곁들여져 있는 게, 상당히 값나가는 술처럼 보였다.

병을 테이블 위에 내려놓고 아서의 옆자리를 차지한 글렌이 대꾸했다.

"리히트 선배님이 특별히 주문하신 해안 지방의 과실주."

"……."

"적당한 온도에 보관해야 하는 술이라, 따로 주방 창고 한편을 빌려 쌓아 두셨다더군."

갈수록 태산이었다.

입을 쩍 벌린 아서가 더듬더듬 물었다.

"아니, 잠깐만요. 그거 괜찮은 거 맞습니까?"

"몰라, 짜식아. 너희들이 먼저 시작했어. 이제 너네도 공범이야."

아까 아서가 그랬던 것처럼, 글렌 역시 막무가내였다. 미처 말릴 새도 없이 고급 과실주의 마개가 열리고, 아까 포도주와는 다른 향긋한 냄새가 공기 중을 떠돌기 시작했다.

글렌은 잔 세 개에 술을 공평하게 따랐다.

"사실 전부터 먹어 보고 싶었단 말이지. 그런데 리히트 선배님도 좀처럼 여유가 없는 분이시니까, 어지간하면 술을 딸 생각을 안 하시더라고."

방금까지 저잣거리의 포도주가 가득했던 잔에 향긋한 과실주가 채워졌다. 그리고 글렌이 기분 좋게 맛을 보려던 찰나.

"……댁들 이 시간에 거기서 뭐 해요?"

한참 자다가 깼는지, 부스스한 얼굴의 라이더가 고개를 내밀었다.

범죄 현장을 들켜버린 글렌은 그대로 얼어붙어 버렸다. 그러는 사이, 테이블 위의 술병을 알아본 라이더가 잠이 확 달아난 얼굴을 했다.

"잠깐만, 그거 리히트 선배님 거……."

막 라이더가 기함을 터뜨리려던 찰나, 기사답게 빠른 움직임을 선보인 글렌이 입을 틀어막았다.

"조용히 해, 이 자식아!"

"읍! 으읍! 잠깐, 으읍!"

눈치를 보던 아서가 슬그머니 자리를 빠져나가서 잔 하

나를 더 들고 돌아왔다. 겸사겸사 주방에서 빼돌린 치즈와 쿠키 몇 조각도 함께였다. 그러는 사이, 글렌은 라이더를 질질 끌고 와 억지로 자리에 앉혔다.

"아니, 이래도 되는 거 맞아요?"

얼떨결에 리히트의 고급주가 든 잔을 받아든 라이더가 얼떨떨하게 물었다.

"시끄러, 얌전히 처먹기나 해. 너도 이제 공범이야."

사납게 윽박지른 글렌은 본인이 먼저 솔선수범해 술을 크게 한 입 들이켰다. 그 순간, 입안에 퍼지는 환상적인 향에 글렌은 상황도 잊어버리고 눈을 커다랗게 떴다.

"와. 진짜 죽인다."

"……그렇게 맛있어요?"

결국 호기심을 이기지 못한 아서도 홀짝이며 맛을 보았다. 잠시 후. 아까 글렌이 그랬던 것처럼 눈이 휘둥그레진 아서가 입에서 잔을 뗐다.

"와……. 장난 아니네요."

"그치? 그렇다니까?"

소란을 피우는 두 사람을 보며, 라이더 역시 못 이기는 척 리히트의 술을 입에 댔다. 아렌트 역시 어깨를 으쓱하고는 잔을 들어 한 모금 음미했다. 아니, 음미해 보려고 했다.

그 순간, 달칵. 문이 열리지만 않았더라면.

"……!"

그들은 동시에 우뚝 움직임을 멈췄다.

막 야간 근무를 마친 뒤 복귀한 리히트는 로비에서 벌어진 때아닌 술판에 자신이 고이 모셔 두었던 술병이 개봉되어 있는 것을 발견했다.

리히트가 침착하게 물었다.

"누구 짓이지?"

"……."

아서와 라이더가 슬그머니 글렌을 바라보았다. 그리고 아렌트가 확답을 주었다.

"시작은 아서 선배가 했고, 리히트 선배 술 훔쳐 온 건 글렌 선배입니다. 라이더 선배는 은근슬쩍 합류했고."

"야! 잠깐만! 말은 바로 해야지! 너도 아서랑 같이 내 술 훔쳐 먹었잖아!"

글렌이 억울하게 외치는 말에 아렌트가 어깨를 으쓱였다.

"저도 휘말렸을 뿐인데요. 주동자는 아서 선배입니다."

"너도 맛있었다면서!"

아서가 기함을 터뜨렸지만, 아렌트는 들은 척도 하지 않았다. 그러면서 태연하게 리히트의 술을 홀짝이는 꼴이 얄밉기 그지없었다.

새삼 골치가 아파 와 한숨을 푹 내쉬던 리히트는 곧 술잔을 든 아렌트의 손목에서 못 보던 붕대를 발견했다.

"……나 참."

대충 일이 어떻게 된 건지 알 것 같았다. 잠깐 생각하던 리히트가 쯧 혀를 찼다.
"이렇게 된 거, 다른 녀석들도 데려와."
"네?"
　갑작스러운 말에 글렌이 의아하게 눈을 깜빡였다. 하지만 리히트는 말을 철회하지 않았다.
"자겠다는 놈들은 그냥 내버려두고. 이미 열어 버린 술은 다 비워야지. 원래 좋은 술은 같이 먹어야 더 맛있는 법이다."
"……!"
　글렌과 아서, 라이더는 뭔가를 깨달았다는 얼굴을 했다. 아렌트는 그들이 하는 양을 보며 말없이 술을 들이켤 뿐이었다.
"제, 제가 다녀오겠습니다!"
　부리나케 일어난 아서가 다른 선배들을 깨우러 가고, 글렌과 라이더 역시 벌떡 자리에서 몸을 일으켰다.
"그럼 저희는 안주거리나 더 찾아오겠습니다!"
"하여튼 골치 아픈 녀석들."
　짧게 불평을 터뜨린 리히트가 아렌트의 맞은편에 털썩 주저앉았다.
　리히트는 글렌이 잽싸게 대령한 잔에 자신이 한참을 아껴 두었던 술을 가득 따른 뒤, 거의 다 빈 아렌트의 잔도 다시 채워 주었다.

기사들이 벌이는 어처구니없는 촌극에 아렌트는 결국 헛웃음을 터뜨리고 말았다.

"도대체 어디까지 할 생각이에요?"

"우리 마음이다."

담백하게 대꾸한 리히트가 아무렇지도 않은 얼굴로 아렌트의 잔에 자신의 잔을 가볍게 챙, 부딪쳤다.

"마셔라. 평소에는 구경도 못 할 진미니까."

"……"

어깨를 으쓱인 아렌트는 리히트와 함께 잔을 비웠다. 달달한 글렌의 포도주와는 또 다른 훌륭한 풍미의 주향이 입안을 가득 채웠다.

이렇게 된 거, 그들의 촌극에 어울려 주는 것도 나쁘지 않을 것 같았다. 애초에 이들이 그가 도망치게 둘 것 같지도 않았고.

아서가 생활관을 한 바퀴 돌고 돌아오자, 자다 깬 듯 보이는 기사들이 한두 명씩 현장에 합류하기 시작했다.

"뭐야? 웬 술? 나야 좋긴 하지만."

"리히트 선배님이 술을 주셨다고?"

부스스한 머리로 술을 보며 반색하는 꼴이 웃기지도 않았다.

자고 싶은 사람은 빠져도 된다고는 했지만, 한밤중의 별미를 마다할 사람은 아무도 없었다.

결국 생활관의 모든 이들이 달큰한 주향에 이끌려 나오

한 사람을 위한 무대 〈285〉

고, 곧 글렌과 라이더가 주방에서 온갖 치즈와 햄, 소시지와 과일 등등을 한가득 들고 자리로 돌아왔다.
 "어두운 데서 뭐 해요? 야식 먹을 거면 불이라도 좀 켜던가."
 뒤늦게 옷을 갈아입고 방에서 나온 기사들이 하나둘씩 조명을 밝히기 시작했다.
 얼마 지나지 않아 로비가 순식간에 환해졌다.
 "야, 좁으니까 저리 좀 가 봐."
 "그냥 바닥에 앉아요. 이 인원이 소파에 어떻게 다 앉는다고."
 쓸데없이 아옹다옹 싸워대면서도 기사들은 저마다 잔을 하나씩 든 채 편한 자리를 찾았다.
 한쪽에서는 덩어리째 가져온 햄과 치즈를 식칼로 아무렇게나 조각 내고, 누군가는 과일을 하나를 통째로 집어 들기도 했다.
 꺼내 뒀던 술병들이 모두 동나는 것도 순식간이었다. 눈 깜짝할 새 사라진 술을 본 리히트가 결국 모든 것을 포기하고 말했다.
 "……그냥 창고에 있던 술 다 가져와라."
 "넵! 분부대로!"
 마치 그 말만을 기다렸다는 듯 글렌과 다른 기사들 몇몇이 잽싸게 튀어나가 술을 잔뜩 들고 돌아왔다.
 리히트가 아껴 뒀던 꽤 많은 고급주들과 기사들이 야무

지게 빼돌려 뒀던 술, 그리고 정체불명의 술병까지도 모조리 다 꺼내 왔다.

"켁, 켁! 이건 뭔데 이렇게 독해?"

"그거 르웰린 왕자님이 가져오신 건데. 엘프 2왕국의 술이랬던가."

"잠깐만요, 이거는 주방에서 요리할 때 쓰는 거 아닙니까?"

"뭐 어때요. 모처럼인데 그냥 마셔요."

쥐죽은 듯 조용하던 생활관이 때아닌 소란에 휩싸였다. 난장판이 된 주변을 훑어보며 아서가 어이없이 중얼거렸다.

"이거 진짜 괜찮은 거 맞습니까?"

"너랑 아렌트가 시작한 거라면서? 어딜 발 빼려고."

퉁명스레 타박을 놓은 라이더가 잘 썬 햄 위에 치즈 한 조각을 올려 아서와 아렌트의 입에 쑤셔 넣어 주었다.

차가운 햄을 질겅질겅 씹어 넘긴 아렌트는 어느새 또 누군가가 채워 준 술잔을 아무런 생각 없이 비워 냈다.

'난리도 아니네.'

황실 기사단의 품격이라고는 찾아볼 수 없는 꼴이었다. 누군가는 벌써부터 술잔을 엎지르고, 어설프게 햄을 썰다가 라이더와 아서에게 잔소리를 듣기도 했다.

달큰한 알코올 냄새와 왁자지껄 떠들어대는 목소리들, 잔이 부딪치는 소리와 티격태격 유치하기 짝이 없는 말싸움을 벌이는 난장판.

'아.'

역시 이곳은 희극이다.

알 수 없는 심연에 대한 공포와 적을 향한 증오, 비장한 죽음 따위는 이 상냥한 얼간이 기사들에겐 어울리지 않았다.

어설픈 배우들이 펼치는 바보 같은 막간극은 단 한 사람만을 위한 무대였다.

약간 취기가 오른 글렌이 아렌트와 아서를 향해 삿대질을 하며 투덜거렸다.

"저 건방진 두 녀석이 내 술을 먼저 빼돌렸다니까?"

"저는 모릅니다. 아서 선배가 어디서 가져왔어요."

거기에 휩쓸리듯 몇 마디 대사를 얹고 연거푸 입에 술을 털어 넣으며, 아렌트는 점점 노곤해지는 것을 느꼈다.

글렌이 투덜거리는 소리가 점점 멍하게 들려왔다.

"이 건방진 자식들. 머리에 피도 안 마른 것들이 저 잘났다고 나댈 때부터 알아봤다니까."

"그러는 선배도 마찬가지잖아요. 리히트 선배님 술을 훔쳐 온 게 누군데. 그런 싸구려 포도주랑 리히트 선배의 고급주를 비교나 할 수 있어요? 누가 봐도 글렌 선배가 더 잘못하셨지."

짜증스럽게 대꾸한 아서가 고개를 돌려 아렌트 쪽을 보았다.

"야, 아렌트. 너도 뭐라고 말 좀……."

하지만 그는 말을 끝까지 마치지 못했다. 아서와 같은 광경을 발견한 기사들 역시 하나둘 입을 다물었다.

이내 생활관의 로비에 다소 어색한 정적이 찾아들었다.

그 원인은, 소파에 비스듬히 기댄 채 잠든 견습 기사였다.

"……."

취기가 살짝 오른 얼굴에서는 긴장이 완전히 풀려 있었고, 제대로 묶지 않은 머리칼은 편하게 기댄 고개 아래로 아무렇게나 쏟아졌다.

"……."

아서는 아렌트의 손끝에 위태로이 걸린 빈 술잔을 발견했다.

입을 꾹 다문 선배들의 눈치를 한 번 살핀 아서는 조심스럽게 다가가 아렌트의 손에서 술잔을 빼냈다.

그런 와중에도 아렌트는 잠에서 깨지 않았다.

탁.

아서가 유리잔을 다시 테이블에 내려놓은 뒤에도, 아렌트는 여전히 미동조차 없었다. 그간의 피로가 취기와 함께 한꺼번에 몰려들며 완전히 잠든 모양이었다.

"하아아……."

이곳저곳에서 안도의 한숨이 터져 나왔다. 타박 섞인

시선들이 아렌트에게 모인 것은 덤이었다.
 "하여튼 손 많이 가는 녀석 같으니라고."
 글렌이 탄식처럼 투덜거렸다.
 그 목소리 위로 곯아떨어진 아렌트의 고른 숨소리가 섞여들었다.

7장. 이쪽에서 찾아가는 수밖에.

이쪽에서 찾아가는 수밖에.

"와, 씨……."

긴 침묵을 깬 사람은 다름 아닌 글렌이었다. 바닥에 아무렇게나 앉아 있던 글렌은 그대로 벌러덩 드러누워 버렸다.

"애새끼 하나 재우기 진짜 힘드네. 으, 죽겠다."

"그러니까요……. 우욱, 술 올라온다."

라이더 역시 입을 틀어막으며 글렌 옆에 주저앉았다. 글렌이 드러누운 채 팔만 허공을 향해 휘적이며 감탄사를 터뜨렸다.

"와, 근데 리히트 선배님 술은 진짜…… 끝내주네요……."

"그러니까요. 맛도 맛인데 취기가 확 올라오네."

아서가 맞장구치며 벌겋게 취기가 오른 얼굴로 아렌트

옆에 비틀비틀 앉았다. 그러자 리히트가 심히 유감스럽다는 얼굴로 대답했다.

"당연하지. 한 병당 너희 한달 치 녹봉과 맞먹는 값이니까."

그런 것을 여섯 병이 넘게 먹어 치웠다.

처음 아서가 가지고 온 글렌의 술은 완전히 동난 지 오래였다. 거기다가 르웰린이 공수해 온 엘프 왕국의 독하디독한 술도 몇 병 비웠다.

그러니 아무리 술에 강한 기사들이라도 멀쩡할 리가 없었다.

"아서 이 자식……. 너 밥 사라, 다음에……."

선배 하나가 앓는 소리를 내자 아서가 투덜거리듯 대꾸했다.

"제가 왜요. 끄응, 저도 아닌 밤중에 날벼락 맞은 거거든요?"

바쁜 일과를 끝낸 뒤 간신히 잠자리에 들었는데, 야밤에 술자리를 하자며 갑작스럽게 깨우는 후배를 고운 눈으로 볼 사람은 아무도 없었다.

하지만 그들이 갑작스러운 연회를 거절하지 못한 까닭은, 다짜고짜 문을 열고 들어온 아서가 꺼낸 한 마디 때문이었다.

"아렌트 이 새끼, 또 안 자고 돌아다닙니다. 술이라도 먹여서 재우게 좀 도와주시죠."

그 말을 듣고서 가만히 있을 수는 없었다.

결국 생활관에 머물던 이들은 전부 다 침대를 박차고 나와 이 웃기지도 않은 술판에 어울리게 됐다.

그렇다고 마음 놓고 술자리를 즐길 수 있는 것도 아니었다.

술을 퍼부어대며 끊임없이 헛소리를 지껄이고, 그런 와중에도 어떻게든 진짜 정신을 놓지 않기 위해 애쓰며 연신 아렌트의 눈치를 살펴야 했으니.

슬쩍 선배들을 보며 아서가 불만을 늘어놓았다.

"저 녀석, 수면 부족 때문에 둔해진 상태라 다행이지……안 그랬으면 백발백중 눈치챘을 겁니다. 지금 뭐 하는 짓거리들이냐고."

"시끄러, 이 자식아. 선배들이 이렇게까지 해 주는 걸 감사히 여겨야지."

라이더가 볼멘소리로 답하는 소리에 아서가 불퉁히 대꾸했다.

"감사히 여기겠냐고요, 그 성격에. 괜한 참견이라고 핀잔이나 안 주면 다행이지."

"……"

차마 반박할 수 없는 말이었다. 잠깐 입을 다물고 있던 글렌이 화제를 돌렸다.

"어쨌든, 술 훔친 건 나중에 갚아라. 돈 주고도 못 사는 거라고, 그거."

"네가 할 소리는 아닐 텐데, 글렌."

하지만 그는 뒤이어진 리히트의 싸늘한 목소리에 입을 꾹 다물고 말았다. 주섬주섬 몸을 일으킨 글렌이 그대로 무릎을 꿇었다.

"……잘못했습니다. 제발 녹봉만은."

"이번만은 특별히 봐주지. 목적이 있었다고 하니까. 그러니 너도 그냥 넘어가."

리히트가 아렌트 쪽을 눈짓했다.

글렌 역시 진짜로 돈을 받아 내려던 것은 아니었던지 묵묵히 고개를 끄덕였다.

대충 상황이 정리되자, 리히트가 짧게 지시했다.

"정리는 내일 시종들에게 맡기고, 늦었으니 이만 취침하도록."

"아렌트는요?"

"그냥 내버려 둬. 워낙 예민한 녀석이니 옮기려는 순간 바로 깨 버릴 테니까."

누군가의 물음에 리히트가 대답했다.

바로 옆에서 이만큼이나 대화를 나누고 있는데 아직까지도 깨지 않는 것을 보면 어지간히도 피로가 쌓인 듯했다.

"으, 이거 내일 숙취 장난 아니겠는데……."

"저는 새벽 근무란 말입니다. 일어날 수 있으려나……."

비척비척 자리에서 몸을 일으킨 기사들은 저마다 웅얼

거리며 안녕히 주무십쇼, 비슷한 인사말을 남기고는 하나둘씩 자신의 방으로 돌아가기 시작했다.

잔뜩 취한 걸음걸이들이 상당히 우스운 꼴이었지만, 그런 와중에도 어디에선가 이불을 가져와서 아렌트에게 덮어 주는 것을 보고 있자니 그다지 비웃을 생각은 들지 않았다.

기사들이 거의 다 방으로 들어간 뒤, 리히트는 마지막으로 남은 아서에게 물었다.

"아서. 너는 안 들어가나?"

"아, 저는 좀 더 있다가 들어가겠습니다. 술 때문에 좀 더워서."

아서의 대답에 리히트는 굳이 더 따지지 않고 고개를 끄덕였다.

그의 시선이 어둠에 잠긴 생활관 한편에 닿았다.

제 3기사단 생활관에 있는 사람들이 모두 나와 소란을 피우는 와중에도 아직 모습을 드러내지 않은 한 사람이 있었다.

'단장님이 모르실 리가 없을 텐데.'

대신전에서의 사건 뒤로 아렌트의 일이라면 다소 날카롭게 반응하게 된 라이오스였다.

그런 그가 이 정도로 소란이 벌어지는 와중에 모습을 드러내지 않은 데는 따로 이유가 있을 것 같았다.

'단장님이 계시면 다들 어려워할 거라 생각하신 건가.'

잠깐 생각하던 리히트가 아서를 향해 마지막으로 말했다.

"너도 쉬어라."

"예. 들어가십쇼."

아서에게 가볍게 손을 흔들어 준 리히트 역시 자신의 방으로 돌아갔다.

환하게 밝혀 둔 불이 하나둘씩 꺼지고 술병이 굴러다니는 테이블 위의 램프 하나만 남았다.

잠깐 고민하던 아서는 점점 꺼져가는 램프의 불빛을 조금 더 밝게 키웠다.

그리고는 최대한 기척을 내지 않도록 조심하며 아렌트의 옆에 등을 기대고 앉았다.

'……이게 맞나.'

일단 아렌트가 곯아떨어지게 만드는 데까지는 성공했지만, 아직도 막막했다.

아렌트를 괴롭히는 근본적인 문제가 뭔지 아직도 파악하지 못했으니까.

'역시 네펠레 왕국에서부터 문제가 생긴 건가.'

아서는 자연스럽게 상념에 빠져들었다.

'니케포르는 아렌트를 죽일 수 없다고 했었지.'

얼마 전까지만 해도 니케포르가 아렌트를 죽이지 못하는 이유가 루체의 가호 때문이라고 생각했다.

체르니온을 모시는 니케포르에게는 루체 신 덕분에 생

명을 구한 아렌트라는 존재 자체가 꺼림칙하게 느껴질 거라 여긴 것이다.

하지만······.

'어쩌면 그게 다가 아닐지도.'

아렌트는 루체 신의 신자가 아니었다. 그렇기에 아렌트는 렉시온과 손을 잡을 수 있었다.

게다가 니케포르는 루체 신을 '포악하고 난폭한 신'이라고 지칭하며, 그에게서 도망치고 싶다면 자신과 함께 가자는 말까지 했다.

얼핏 악신교의 중진이 루체 신의 교도에게 배교를 권하는 것처럼 보였지만, 조금만 생각하면 그게 아니라는 사실쯤은 쉽게 알 수 있었다.

'그러니까······.'

니케포르가 아렌트를 죽이지 못한 까닭은 따로 있는지도 몰랐다.

'애초부터 아렌트는 루체 님께 기도한 적이 단 한 번도 없어.'

오히려 증오한다면 모를까.

그 감정이 정확히 어디서부터 비롯되었는지는 아무도 모른다.

궁금해서 묻고 싶어도 지금껏 쉽사리 말을 꺼내지 못했다.

어차피 질문해 봤자 사람 속 뒤집는 말로 어물쩍 넘어

가 버릴 게 분명했고.

'그 부분이랑 관련이 있을지도 모르는데…….'

하지만 아서는 생각을 길게 이어가지 못했다. 취기와 함께 수마가 슬슬 밀려들기 시작한 탓이었다.

얼마 지나지 않아 아서는 소파에 앉은 채 꾸벅꾸벅 졸기 시작했다.

잠시 후.

까무룩 잠들었던 아서는 바로 옆에서 숨을 헐떡이는 소리에 문득 눈을 떴다.

"……아렌트?"

무심코 옆을 돌아본 아서는 순식간에 졸음기가 달아나는 것을 느꼈다.

어느새 기름이 다 닳은 램프의 불이 완전히 꺼져 있었다.

그리고 마치 누군가에게 목을 졸리기라도 하는 것처럼, 아렌트가 가쁜 숨을 내뱉고 있었다.

놀란 아서가 그의 어깨를 잡고 흔들었다.

"야, 야! 일어나 봐, 왜 그래?"

하지만 아렌트는 좀처럼 눈을 뜨지 못했다. 급기야는 손톱을 세운 아렌트가 제 목을 긁기 시작했다.

"컥, 콜록, 콜록, 헉……."

"아렌트! 정신 차려, 왜 이러는 거야?"

마음이 급해진 아서가 양손으로 아렌트를 붙잡고 억지

로 상체를 일으켜 세웠다. 그제야 아렌트가 가까스로 눈을 떴다.

"괜찮냐? 갑자기 무슨……."

잠깐 안도하는 것도 잠시, 아서는 시선의 초점이 묘하게 맞지 않는다는 것을 깨달았다.

한순간 아렌트의 안색이 파리하게 질리더니, 갑자기 아서를 있는 힘껏 확 밀쳐 버렸다.

바깥으로 뛰쳐나가려는 듯 자리에서 일어난 아렌트는 이내 비틀대다 그대로 바닥에 쓰러지듯 주저앉아 버렸다.

"헉, 허억……."

그대로 몸을 웅크린 아렌트는 다시 자신의 목을 긁어댔다. 마치 제 몸에 달라붙은 끔찍한 무언가를 떼어 내려고 하는 것 같았다.

"야, 내 말 들려? 일단은 진정해. 뭐 때문에 그러는지는 모르겠는데, 괜찮으니까 진정해 보라고!"

마음이 급해진 아서가 아렌트의 어깨를 붙잡아 흔들었다.

하지만 그에게는 아서의 목소리조차 제대로 들리지 않는 것 같았다.

아렌트가 쏟아낸 식은땀이 방울져 바닥에 후두둑 떨어졌다.

"콜록, 콜록, 우욱, 콜록!"

연신 기침을 토해내던 아렌트는 결국 속에 든 것을 모두 게워 내 버렸다. 아렌트의 목덜미에 긁힌 상처가 나기 시작하자, 아서는 더욱 마음이 급해졌다.

 결국 아서는 거의 멱살을 잡다시피 해 아렌트를 억지로 일으켜 세웠다.

 그리고는, 철썩.

 있는 힘껏 아렌트의 뺨을 내리쳤다.

 "……."

 정적이 흐르는 로비에 두 사람의 거칠어진 숨소리만이 가득 찼다.

 눈을 몇 차례 깜빡이던 아렌트가 천천히 고개를 돌려 아서를 보았다. 아직까지도 상황을 파악하지 못한 듯 멍한 얼굴이었다.

 "아니, 그, 미안……. 마음이 급해서."

 그와 시선이 마주친 아서가 얼떨결에 사과했다.

 하지만 돌아오는 대답은 없었다.

 아렌트는 달라붙은 머리칼을 뗄 생각도 하지 못하고 힘겹게 숨을 고르기만 했다.

 마치 끝도 없는 지옥에 잡아 먹혔다가 가까스로 탈출한 사람 같은 꼴이었다.

 아서는 최대한 침착하려 애쓰며 차분하게 그를 불렀다.

 "아렌트? 내 말 들리냐?"

"……."

그제야 아렌트의 눈에 초점이 돌아오기 시작했다. 아서를 보던 아렌트가 멍하니 주변을 둘러보았다.

마치 자신이 어디에 있는지 확인하고 싶다는 것처럼.

아서는 인내심을 가지고서 가만히 기다려 주었다.

천장과 바닥, 그리고 주변을 둘러본 아렌트는 아서에게 맞은 뺨을 만져 보았다.

새빨갛게 부어오른 뺨에서 후끈한 열기가 느껴졌다.

한참 뒤, 아렌트가 가까스로 입을 열었다.

"……선배."

한참 동안 가위에 눌린 통에 잔뜩 메인 목소리였지만, 그럭저럭 안정을 찾은 것 같았다.

"그래, 이 새끼야. 이제 정신이 좀 드냐?"

아서는 뭔가가 울컥 치솟아 오르는 것을 꾹꾹 억누르며 대답했다.

하지만 아렌트는 그 말에 대꾸하는 대신 아서를 멍하니 응시하기만 했다.

한참 뒤, 아렌트가 힘 빠진 헛웃음을 터뜨렸다.

"……사람을 왜 이렇게까지 괴롭히나 했더니, 그런 거였냐고."

혼잣말을 주절대던 그는 곧 아서의 존재를 의식하고 다시 입을 다물었다. 잠깐의 침묵 후, 아렌트가 짧게 말했다.

"들어가서 더 자겠습니다. 빌어먹을……. 이게 도대체 뭐 하는 짓인지."

아까보다는 한층 또렷해진 목소리였다.

굳어버린 아서를 내버려둔 채, 아렌트는 몸을 돌려 제 방을 향해 비틀비틀 걸어갔다.

아서는 불안한 마음으로 위태로운 뒷모습을 지켜보았다.

아니나 다를까, 아렌트는 채 몇 걸음 떼기도 전 크게 휘청이기 시작했다.

"야!"

기겁한 아서가 당장 달려가려고 했다.

하지만 그림자 속에서 불쑥 튀어나온 손이 쓰러지는 아렌트를 먼저 잡아챘다.

어느 순간부터 가만히 상황을 지켜보던 라이오스였다.

"단…… 장님?"

얼떨떨하게 부르는 아서의 목소리에 라이오스가 덤덤히 대답했다.

"고생했다, 아서."

"고생했다니, 뭘……."

넋이 나간 채 되묻던 아서는 곧 그 말뜻을 깨달았다.

한밤중에 방에서 나온 아렌트를 발견하고 치료해 준 뒤 생뚱맞은 술판을 벌여 곯아떨어지게 만들었다.

그 뒤로도 어쩐지 혼자 둬서는 안 되겠다는 생각에 곁

을 지키다 잠들었고, 결과적으로 발작하는 아렌트를 가장 처음 발견해 진정시켰다.

라이오스는 그 모든 과정을 한 발짝 떨어진 곳에서 지켜본 것이다.

어쩐지 추태를 보였다는 기분에 아서는 조금 민망해졌다.

"아니, 보고 계셨으면 나오시지 그러셨습니까. 방에 안 계시기에 외근이라도 나가셨나 생각했는데……."

"내가 참견하면 아무래도 자리가 편하지만은 못할 테니까."

덤덤히 대답한 라이오스는 축 늘어진 아렌트를 가뿐히 안아 들었다.

"일단 내 방으로 가지. 너도 따라와라."

"……."

잠깐 망설이던 아서는 이내 입을 꾹 다문 채 고개를 끄덕였다.

* * *

넓은 소파에 아렌트를 눕혀 두고 베개에 이불까지 꼼꼼히 챙겨 준 뒤, 라이오스는 직접 내린 따뜻한 차를 아서에게 내어 주었다.

"마셔라. 너도 꽤 놀랐을 테니."

"감사합니다."

마치 웅얼거리듯 대답하면서도 아서는 아렌트에게서 눈을 떼지 못했다. 잠깐 망설이던 아서가 물었다.

"그, 저 녀석은 괜찮은 겁니까?"

"괜찮아. 지금은 그저 잠들었을 뿐이다."

라이오스의 확답에 아서는 그제야 찻잔을 들 수 있었다. 방금의 소동 때문에 취기와 잠기운은 이미 멀리 달아난 지 오래였지만, 쿵쾅대는 심장은 도무지 진정할 기미가 보이지 않았다.

"정확히 언제부터 계셨던 겁니까?"

"처음부터."

소파의 상석에 앉은 라이오스가 답을 내어 주었다.

"아렌트의 행동을 관찰할 필요가 있을 듯해서 몸을 숨기고 있었지. 그 뒤에도 네가 적절히 잘 대처한 것 같아서 그냥 지켜만 보고 있었다. 미안하군."

라이오스가 사과할 일은 아니었지만, 어쩐지 아서는 조금 부아가 치밀었다.

"관찰이라니. 계속 지켜만 보고 계실 생각이셨습니까? 아렌트가 어떤 상황인지, 단장님은 저희보다 먼저 알아차리셨을 거잖습니까."

"섣부르게 접근하면 괜히 아렌트가 몸을 더 사릴 것 같아서."

투정 섞인 아서의 말에 라이오스가 침착하게 대꾸했다.

"어떻게 해야 할지 고민 중이었다. 일단은 내 사비로 언제든 휴양하러 갈 수 있는 별채 하나를 확보해 두긴 했다만."

"……."

아서는 입을 다물었다. 역시 라이오스는 만만하게 볼 사람이 아니었다. 잠깐 침묵하던 아서가 물었다.

"그, 진짜 실행하실 생각이셨습니까? 그냥 협박하신 거 아니셨어요?"

"물론."

라이오스의 새파란 눈은 진지하기 짝이 없었다.

마침 맞은편 소파에 누운 아렌트가 끙 소리를 내며 이불을 감싸고 돌아누웠다. 섬뜩한 기운이라도 느낀 것 같았다.

이러다간 기껏 잠든 아렌트가 또다시 악몽을 꿀 것 같다는 불길한 예감이 들기 시작할 때쯤, 다행히도 라이오스가 먼저 화제를 돌렸다.

"나로서는 다른 방법을 생각해 낼 수 없었으니까. 역시 너희들이 나보다 낫군."

그 말에 얼마간 망설이던 아서가 조심스럽게 물었다.

"……혹시 단장님께서는 아렌트가 이러는 이유를 아십니까?"

피가 날 정도로 제 목을 긁거나 상처를 뜯으며 과호흡에 시달리는 꼴은 누가 봐도 정상이 아니었다.

게다가 꼴을 보아하니 이상 증세에 시달리기 시작한 것도 하루 이틀이 아닌 것 같았다.

처음에는 이 정도까지는 아니었을 테지만, 잠을 이루지 못하는 날이 길어질수록 점점 심해졌겠지.

지독한 악순환이었다.

아서의 질문에 라이오스는 한동안 침묵했다. 어떻게 대답해야 할지 고민에 빠진 탓이었다.

라이오스가 미처 결정을 내리기도 전, 그의 귓가에 아서의 목소리가 재차 파고들었다.

"혹시 루체 님이랑 악신과도 관련이 있는 겁니까?"

"뭐?"

라이오스가 멈칫했다.

놀란 얼굴의 단장을 보며, 아서가 천천히 말을 이어 갔다.

"아렌트가 대신전의 신상을 부순 그날, 저도 같이 있었습니다. 그 자리에는 렉시온 님도 동행하셨고요."

시선을 아래로 떨어뜨린 아서는 괜히 찻잔을 한 번 매만졌다.

"……렉시온 님은 어째서 성검의 선택을 받은 단장님이 아닌, 불경하기 짝이 없는 아렌트를 보조하시는 겁니까? 렉시온 님은 대전쟁 당시도 직접 목격하셨다면서요."

잠깐 뜸을 들이던 아서가 다시 입을 열었다.

"니케포르는 왜 아렌트를 죽이지 못하는 겁니까? 아렌트는 루체 님 덕분에 목숨을 구하긴 했지만, 딱히 신도 같은 것도 아니지 않습니까."

"……아서."

라이오스가 차분하게 그를 불렀다. 그러나 아서는 미처 듣지 못했다.

"아렌트는 언제부터 루체 님을 경계하고 있는 거죠? 렉시온 님이 합류하셨을 무렵? 아니지, 어쩌면 그 전부터입니까? 신 같은 건 믿지 못하겠다고 말하던 게 그런 의미였습니까?"

아서의 목소리가 점차 격앙되어 갔다.

"아렌트는 분명 루체 님의 은총을 받았잖아요. 라이오스 단장님께서도 성검의 선택을 받는 영광을 누리셨고. 생각해보면 아렌트는 그쯤부터 신을 더욱 혐오하기 시작했습니다. 루체 님이든, 악신이든 상관 없이요. 단장님은 혹시 그 이유를 아십니까?"

"아서."

라이오스가 다시 한번 소리내어 이름을 불렀지만, 이번에도 그 목소리는 아서에게 닿지 못했다.

"단장님은 이 모든 걸 아시고서 성검을 드신 겁니까? 아렌트는 도대체……."

마른침을 한 번 삼킨 아서가 가까스로 덧붙였다.

"도대체 뭐랑 싸우고 있는 겁니까?"

"……."

어느 순간부터 아서의 목소리에는 약간의 공포심마저 묻어나오고 있었다.

방 안에 스산한 침묵이 흘렀다. 아서는 흔들리는 눈동자로 라이오스를 보았다. 마치 무언가에 매달리기라도 하는 것 같았다.

라이오스는 그 시선을 피하지 않고 조용히 마주 보았다.

"일단은 진정해라, 아서. 너도 많이 동요했다."

"……."

차분히 타이르는 목소리에 아서는 퍼뜩 정신을 차렸다.

잠시 후. 그의 얼굴이 창백하게 질렸다. 자신이 해서는 안 될 말까지 지껄였다는 사실을 깨달은 탓이었다.

성검의 주인인 라이오스 앞에서 루체 신을 의심하는 언사를 한다는 건 말도 안 되는 일이었다.

"아니, 단장님, 제 말은……."

아서가 급하게 변명하려 했지만, 그보다 라이오스가 입을 여는 것이 더 빨랐다.

"성검을 드는 건 나의 의지였다. 그게 내 몫이라고 생각했으니까."

"네?"

갑작스러운 말에 아서가 얼빠진 소리를 냈다. 유달리도

새파란 눈동자로 아서를 가만히 응시하며, 라이오스가 천천히 말을 이었다.

"설사 뭔가를 더 알았거나, 혹은 아예 몰랐다고 하더라도, 내 선택은 달라지지 않았을 거다."

"……제국과 루체 님을 위해서요?"

잠깐 망설이던 아서가 라이오스의 말버릇을 입에 올렸다. 하지만 의외로 라이오스는 고개를 내저었다.

"아니. 나 자신을 위해서."

"예?"

"분명 그런 핑계를 댔을지도 모른다. 하지만 날 믿고 따르는 너희에게까지 거짓말을 하고 싶지는 않아."

라이오스는 또박또박, 새겨 주듯 말을 이었다.

"난 그 누구도 잃고 싶지 않아. 그래서 루체 님의 제안을 받아들여 성검의 주인이 되었다. 단지 그뿐이야."

"……."

성검을 받아든 데 신앙심 같은 것은 전혀 상관없다는, 상당히 의미심장한 말이었다.

"그리고 아렌트 역시 다를 바 없겠지."

라이오스가 진지하게 말했다.

"아서, 너라면 무슨 뜻인지 이해할 거라 생각한다."

결국 라이오스나 아렌트나 검을 들고 최전선에 나서는 이유는 같다는 뜻이었다.

두 사람이 궁극적으로 원하는 게 뭔지는 깊이 고민하지

않아도 알 수 있었다.

아무도 죽지 않는 것.

아서는 대답하지 않고 눈을 내리깔았다.

"나는 네 물음에 대답해 줄 수 없다. 부끄럽게도, 아는 게 별로 없기 때문이지. 그리고 네 판단에 내 의견을 얹고 싶지도 않다. 네 인생에 큰 짐이 될지도 모르니까."

라이오스의 담담한 목소리가 이어졌다.

"그저……. 네가 보고 들으며 겪고, 판단한 것은 의심하지 마라. 네 선택이 어떠하든 원망할 사람은 아무도 없으니까. 그리고 결국은 스스로 고른 길이 네게는 정답이 될 테고. 다만 한 가지만 알아줬으면 좋겠군."

"……."

"대가 없는 자애는 허상이다. 이분법적인 선과 악, 영원한 평화, 그리고 어쩌면 절대적인 정의 역시 없을지도 모른다."

아렌트가 말버릇처럼 지껄이는 말을, 지금은 라이오스가 읊조리고 있었다.

아서는 저도 모르게 주먹을 꽉 쥐었다. 라이오스가 담담하게 덧붙였다.

"영웅이라 불리게 된 나조차도 이런 꼴이니 어쩌면 당연한 일이지."

"……."

아서는 여전히 대답하지 않았다. 입을 잘못 열었다가는

머릿속이 당장이라도 터져 버릴 것 같았다.

상당히 돌려 말하긴 했지만, 단장은 아서가 가졌던 의문이 모두 사실이라는 답을 내어 준 것과 마찬가지였다.

답답하게 느껴지는 애매모호한 말마저도 자신을 보호하기 위한 것임을, 아서는 지나칠 정도로 잘 알고 있었다.

아렌트와 라이오스는 이미 그런 구렁텅이에 빠진 상태고, 어쩌면 아렌트는 라이오스보다도 더욱 깊은 수렁에서 헤매고 있는지도 몰랐다.

라이오스는 아서에게 한 번의 기회를 더 준 것이다. 위험천만한 늪에 발을 들이지 않도록.

어디에선가 니케포르의 저주가 들려오는 것 같았다.

살아도 산 것이 아니고, 죽어도 결코 쉴 수 없다.

"……."

아서가 침묵하는 동안, 라이오스는 그를 재촉하지 않고 가만히 기다려 주었다. 그러는 사이 시간이 상당히 흘렀는지 창문 밖 창문이 어슴푸레 밝아오기 시작했다.

거의 손도 대지 않은 차 역시 차갑게 식어 버렸다.

그리고 간신히 날뛰는 머릿속을 가라앉힌 아서가 막 입을 떼려는 찰나.

"으……."

기절하듯 잠들었던 아렌트가 앓는 소리를 냈다.

아서와 라이오스는 반사적으로 벌떡 몸을 일으켰다.

혹여 또 발작을 일으킬지 모른다는 걱정 때문이었지만, 다행히도 그런 기미는 보이지 않았다.

몸을 몇 번 뒤척이던 아렌트가 부스스 눈을 떴다. 아직 비몽사몽간인지 멍하니 천장만 보는 그에게, 라이오스가 넌지시 말을 걸었다.

"기분은 좀 어떻지?"

"……썩 좋진 않은데요."

잠깐 뜸을 들이던 아렌트가 대꾸했다. 평소와 그다지 다를 바 없는 어조였다. 그제야 아서는 온몸의 긴장을 풀며 안도의 한숨을 푹 내쉬었다.

"하아……."

"으으, 머리야."

아렌트는 손으로 미간을 몇 번 꾹꾹 누르고는 상체를 일으켜 세웠다.

"더 자도 된다. 오늘 근무는 빼 줄 테니까 그냥 쉬어."

"됐습니다. 이 정도로 충분해요."

라이오스의 제안도 거절한 아렌트는 덮고 있던 이불마저도 걷어 버렸다.

그럼에도 두통은 완전히 가시지 않았는지, 그는 인상을 찌푸리며 계속해서 관자놀이를 꾹꾹 눌렀다.

"……그것보다, 선배."

"어어?"

갑작스레 호명당한 아서가 얼떨결에 대답했다. 손을 뗀

아렌트가 고개를 들고 아서에게 슬쩍 시선을 주었다.

"감히 제 뺨을 치다니, 각오는 되어 있으시겠죠?"

스산한 목소리였다. 한순간 얼이 빠졌던 아서가 퍼뜩 정신을 차리고 억울하게 항변했다.

"야, 그건, 네가 금방이라도 숨이 넘어갈 것 같으니까……!"

"아무리 그래도 그렇지, 이 잘난 얼굴에 손을 대요? 상처라도 남으면 어떻게 책임질 겁니까?"

착잡한 공기만이 가득하던 방이 두 사람의 말싸움으로 순식간에 소란스러워졌다.

"그런 걸로 상처가 남을 놈이냐, 네가? 싸울 때는 아무리 처맞아도 찍소리도 안 하는 주제에 왜 이럴 때만 난리야!"

"근무할 때는 어쩔 수 없다 쳐도, 사석에서까지 처맞는 취미는 없거든요."

방금까지 하던 중대한 고민마저 잊어버린 채 아렌트와 말싸움을 벌이는 아서를 보며, 라이오스는 조용히 이마를 짚었다.

정신을 차리자마자 헛소리를 지껄여대는 아렌트나, 곧이곧대로 도발에 넘어가는 아서나 골치 아픈 애새끼인 건 마찬가지였다.

(배신 기사의 유쾌한 신의 15권에서 계속)

환상이 숨쉬는 공간 파피루스 blog.naver.com/gnpdl7

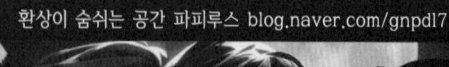

『백면야차는 죽어야 한다』

『바바리안』,『망향무사』성상현의 자신작!

『회생무사』

마교 부교주, 백면야차(白面夜叉)의 직속 수하이자
무림맹의 간자로서 활동했던 장평

토사구팽의 위기에서
회귀의 실마리를 잡게 되었지만

"모든 비밀은 마교 안에 있다."

다시 찾은 약관의 나이
진정한 의미의 새로운 삶을 찾아가기 위해서는
백면야차의 죽음만이 필요할 뿐이다.

새로운 시대의 영웅이 된 장평
평온한 삶을 추구하는 한 남자의 복수극이 시작된다!